死神がくれた君と僕の13日間

森田 碧

角川文庫
24407

contents

第一章

「こんにちは。僕は死神です」

　コンビニの前で購入したばかりのジンジャエールのキャップを開けたとき、背後から耳を疑うような声が飛んできた。

　風のないよく晴れた六月の下旬。学校帰りの出来事だった。

　肌を焼くような強い日差しに辟易《へきえき》し、喉《のど》の渇きを潤そうとしたまさにそのとき。とりあえず俺はたった今開封したばかりの炭酸飲料水をひと口飲んだ。刺激の強い液体が喉を通り、胃に落ちていく感覚がたまらなかった。

「ん？」

　振り返ると季節外れの真っ白のロングコートに身を包んだ少年が、こちらをじっと見つめて無表情で佇《たたず》んでいた。フードを目深《まぶか》に被《かぶ》り、両手をコートのポケットに突っ込んでいる。フードから覗《のぞ》く真っ黒の髪の毛はやや長めで、前髪が目に薄《うっす》らかかっている。その幼い声と顔つきからおそらく男子中学生だろうなと推測した。

つい先ほどの少年の第一声を思い出し、本物の中二病患者かよ、と心の中で悪態をつく。もしくは暑さに頭がやられてしまったのだろうか。

「えっと、ごめん。今のもう一回言ってみて」

いい話のネタにしてやろうと聞き返してみる。明日《あした》学校で友人たちに話したらウケるだろうなと内心ほくそ笑んだ。

「ですから、僕は死神です」

「へえ。それで？」

「あなたに伝えなくてはならないことがあります」

「なるほどぉ」

言いながらジンジャエールを一気に半分ほど喉に流し込む。変なやつに絡まれてしまったなと嘆息を漏らすが、不良に絡まれるよりは全然マシだ。

「死神が来たってことは、俺は死ぬんだな。そっかぁ、死ぬのかぁ。それは嫌だなぁ」

胸を押さえて傷心したふりをしてやった。死神が人間の前に現れるときは、その用件以外考えられない。まさか幸福をもたらしに来たわけではあるまい。って、本気で考えるだけ馬鹿らしくなった。

少年は表情を一切変えず、抑揚のない声で言い放った。

「残念ですが、あなたの大切な人が今日から数えて十三日後に死にます」

「……ん？　大切な人？」

「はい、そうです」

「あ、そうなんだ」

ジンジャエールをぐいっと飲み干し、喉を鳴らす。これ以上は付き合いきれないな、とため息をついて再びコンビニに入って空のペットボトルをゴミ箱に捨てた。

店内のトイレで用を足してから戻ると、少年は同じ場所に突っ立って俺を見ていた。その視線を掻《か》いくぐるように自転車に跨《また》がり、ペダルを漕《こ》いで少年の横を通る。この一連の出来事を明日友人たちにどう説明しようかな、なんて考えながら。

「じゃあな、死神くん」

すれちがいざまに少年の肩を軽く叩《たた》こうとした手が、スルッとすり抜けた。

「え？」

バランスを崩して慌ててブレーキを握る。ただ単に空ぶっただけだろうか。もう一度、今度は少年の肩をしっかりと目で確認してから手を置く。しかし、やっぱり少年の肩には触れられず、すり抜けてしまう。反対の手で試してみても結果は同じだった。

「え？　なに？　なんなんだよお前」

自転車を持ち上げて少年から一歩距離を取る。猫を思わせる大きな釣り目がフードの中から俺を射貫《いぬ》いていた。

「青柳康介《あおやぎこうすけ》、高校二年生。父と母と、ふたつ歳の離れた姉がいる。趣味はゲームとアニメ鑑賞」

右足に力を込めてペダルを踏み込む。立ち漕ぎをして振り返らずにその場を離れた。

いやいやいやいやいやいや、ありえないって。死神だって？　無理無理無理無理。なんで俺の名前知ってんだよ。こっわ。

必死にペダルを漕ぎながら、心の中で叫ぶ。目の前は赤信号だったが、車は来ていなかったのでそのまま横断歩道を走り抜ける。飲んだばかりのジンジャエールが逆流しそうになったが、それでも足を止めずにペダルを漕ぎ続けた。

「こんにちは」

「うわっ」

自転車を自宅前に停めて荒い呼吸のまま家に入ると、玄関の三和土《たたき》に先ほどの少年が立っていた。

「あ、康介おかえりー」

先に声を発したのは今年から大学生になった姉の里帆《りほ》だ。廊下の向こうから麦茶を片手にこちらを見ていた。

「姉ちゃん、なんでこいつを家に入れたんだよ」

「は？　こいつって誰のこと？」

こいつだよ、と指をさそうとした手を引っ込める。まさか姉には見えていないのだろうか。

「僕の姿は、あなたにしか見えていません。もちろん、声もです」

俺の胸中を察したのか、少年は即座にそう口にした。そもそもなぜこいつが俺より先にここへ着いたのか、なぜ俺の家を知っているのか、いくつもの疑問が頭の中を埋め尽くした。

「いや、なんでもない」

とりあえず姉にはそう声をかけておいた。姉は訝《いぶか》しげな目を俺に向けたまま階段を上がっていった。

「なんでついてくるんだよ」

小声で吐き捨てて玄関のドアを閉める。少年の横を通り、びくびくしながら靴を脱ぐ。

「そういう規則ですから」

「なんの規則だよ。帰れよ」

「そういうわけにはいきません。規則ですから」

階段を上がり自分の部屋に入ってドアを閉めると、少年がドアをすり抜けて中に入ってきた。

「うわっ。まじでなんなんだよ、お前」

「ですから、何度も言うように僕は死神です」

頭がおかしくなりそうだった。はいそうですかと素直に受け入れられるはずがないし、目の前にいる少年と俺がイメージしている死神はあまりにも容姿がかけ離れている。

「死神って普通黒いローブを着て、馬鹿でかい鎌《かま》を持った骸骨《がいこつ》なんじゃないの?」

「そういう死神もいます。人間にはいろんな人がいるように、死神にもいろんな死神がいるんです」

「ふうん。そういえば、大切な人が死ぬとかなんとかって言ってたか?」

そうです、と少年は言下に答える。これもまた俺の知っている俗説とはまるでちがう。なぜ本人ではなく俺に伝えたのか。頭が痛くなってきたので考えるのを放棄して聞いてみる。

「そういうのって普通本人に伝えるんじゃないの? なんで俺に伝えたんだよ」

「たしかに、以前は本人に告げるのが規則でした。しかし、最近になってその規則が見直されたんです」

「なんでだよ」

少年のゆっくりと話す癖にイライラする。隣の部屋に姉がいるので、怒鳴りつけてやりたい気持ちをぐっと抑えた。

「本人に死を宣告すると、愚行に走る者があとを絶たないからです。自暴自棄になり、無関係の人を巻き添えにしたり、よからぬ罪を犯したり。パニックに陥って予定日より早く自ら命を絶つ者もいました」

「ふうん。まあ、そういうやつもいるだろうな」

「はい。それを防ぐために死神界の制度が変わり、対象者を一番大切に想っている人にだけ告げようという運びになったのです」

幼い容姿には不釣り合いの丁寧な口調で少年は話す。

ふうん、と鼻を鳴らしてから腕を組んだ。少年の言う『大切な人』に何人か心当たりはあったが、念のため確認してみることにした。

「大切な人って、もしかして未波《みなみ》のことか？　もしそうなら、その情報は古いよ」

少年は緩慢な動作でコートの内ポケットから一冊の黒い手帳を取り出し、おもむろにそれを開いた。

「高坂《こうさか》未波。高校二年生、帰宅部。ファミリーレストランでアルバイトをしている。趣味は映画鑑賞と料理。交際相手は……」

少年は手帳をぱたりと閉じ、「青柳康介」と憐憫《れんびん》の目を俺に向けて言った。

「今日から数えて十三日後、七月十一日の午後六時五十一分に高坂未波さんは亡くなります。後悔のないように、未波さんとの最後の時間を、どうか大切に過ごしてください」

少年はお察ししますとでも言いたげに仰々しく頭を下げる。たしかに未波とはちょうど二年くらい前から交際を始めたが、大切な人かと問われると今は胸を張って頷《うなず》けない。大切な人だった、と表現する方が正しいだろう。

「俺じゃなくてさ、未波の家族とかに言った方がいいよ。俺、未波とは近いうちに別れるつもりだったから」

「そういうわけにはいきません」

「規則だからか」

「そうです」

額を押さえて項垂《うなだ》れる。未波とは夏休みに入る前に別れようと思っていた。明確な理由があるわけではないが、最近は好きという感情が薄れていたのだ。そもそも俺は未波のことが本当に好きだったのか、わからない。そんな心境で交際を続けることに対して罪悪感を抱き、春頃に別れを告げようと思っていたがずるずる今日まで来てしまった。

「ちなみになんだけど、未波を救う方法とかはないの？　ただ黙って未波が死ぬのを見てることしかできないの？」

少年は怠《だる》そうにフードの中に手を突っ込み、頭をぽりぽり掻《か》いた。

「ないことはないのですが、聞かない方がいいと思います」

「は、なんでだよ。あるなら教えろよ」

「知ったら、余計に苦しむことになりますよ。聞かなきゃよかったって、後悔すると思います。それでもいいですか？」

少年は射竦《いすく》めるような目で俺をじっと見つめてくる。死神にそう言われると怯《ひる》んでしまう。

たとえば家族などの別の大切な人が死ぬことになるだとか、自分の寿命が半分減ってしまうだとか、きっとそんな理不尽なことだろうと思った。

「いや、やめとく。やっぱり運命には従うべきだと思う。なにも聞かなかったことにしとくよ」

「そうですか。まあ青柳さんの性格上、恋人を救うという選択肢はないと思いますけど」

「お前に俺のなにがわかるんだよ」

「青柳さんのことは全部手帳に書いてありますので、行動パターンもだいたいわかります」

そう言いながら少年は手に持っていた手帳を内ポケットに入れた。

「そういうことですので、今日から十三日間は見張らせていただきます」

「俺が未波にばらさないようにか」

「そういうことです。一切の他言は許されません」

言っても信じるやつなんていないだろうから、仮に告げてくれと頼まれても願い下げだった。

少年は話は終わりと判断したのか部屋の隅っこに移動して、ちょこんと腰を下ろした。それから体育座りをして両膝《りょうひざ》を抱えるように顔を埋《うず》め、寝息を立て始めた。見張ると言いながらさっそく眠りにつく彼に呆《あき》れ果てる。

ひと息ついてベッドに腰を下ろすと、ピコン、とポケットの中でスマホが鳴った。見ると、未波からメッセージが届いていた。

『明日《あした》バイト休みだから、放課後どこかに遊びに行こう♪』

しばらく返事を打てないでいると、追加のメッセージが何通も届く。

『ごめん、忙しかったら全然いいからね』

『ほら、最近全然遊んでなかったから、たまにはどうかなって思って』

さらに涙を流すウサギのスタンプも送られてくる。

未波とは二年に進級してから同じクラスになったが、最近はほかのクラスメイトの誘いを優先していたので彼女との時間をあまりつくれていなかった。今は未波と遊ぶよりも、友人と遊ぶ方が気が楽で未波をないがしろにしていた。

数分考えたあと、『明日、遊べるよ』と返信した。


翌朝、目を覚ますと昨日と同じ場所に少年がいた。同じ体勢のまま、膝《ひざ》に顔を埋めて眠っている。

「おはようございます」

少年を起こさないようにそっとベッドから出たが、彼はむくりと頭を上げた。

「学校に行くけど、もしかしてついてくる気か？」

「はい、もちろんです」

「誰にも言うつもりはないから、来なくていいって」

「そういうわけにはいきません。規則ですから」

「もういいよ、それ」

起きたばかりなのにもう疲れてきた。勝手にしろ、と吐き捨てて欠伸《あくび》をしながら部屋を出る。直後に壁を突き抜けてきた少年がヌッと目の前に現れ、俺は「うわあっ」と奇声をあげて部屋の前で尻《しり》もちをついた。

「驚かせんなよ」とリビングに届かない声で少年を非難する。すみません、と彼は頭を下げる。

イライラしながら朝食を済ませて身支度を整え、少年と一緒に家を出る。寝不足なのか、彼は子どものように片目を擦《こす》っていた。

「俺自転車で行くけど、お前はどうするんだ」

「どうぞお気になさらず、先に行ってください」

言われなくても先に行かせてもらう。荷台に乗せるつもりで聞いたわけじゃないのに。

「そういえばお前、名前とかあるのか」

「サチヤです。死神の、サチヤです」

「死神のくせに縁起のいい名前だな」

皮肉が通じなかったのか、少年――サチヤは小首を傾げる。説明する気にもなれないので彼を置いて学校へ向かう。

今日も日差しが強くて、いろんな意味でうんざりした。

「こうちゃん、おはよう！」

教室へ向かう途中の廊下を歩いていると、背後から未波の声がした。俺より二十センチも背の低い彼女は、振り返るとこちらを見上げていた。

「おはよ」

「今日、学校終わったらどこ行く？」

「……どこでもいいよ」

そう返事をすると、未波は腕を組んで思案顔になる。今度はスマホを手に取り、なにかを調べ始めた。

「放課後までに考えておくね！」

顔を綻《ほころ》ばせる未波。教室に入るとそれぞれの席に座り、未波は隣の席の女子生徒と談笑する。

俺はしばらく無心で自分の恋人のことを見つめた。彼女が笑うたびに栗色の短い髪の毛が揺れる。いつの間に髪を切ったんだろう。前はもっと長かったはずだが、今は肩に毛先が軽く触れる程度の長さ。最近は未波のことをちゃんと見ていなかったから気がつかなかった。

ふいに目が合うと、未波は破顔して手を振ってくる。そういうことを恥ずかしげもなく皆の前でやるものだから、いつも手を焼いていた。交際していることは周知の事実だが、いちゃついているバカップルみたいで正直やめてほしかった。

小さく手を上げて彼女の愛情表現に応《こた》える。その直後、背中を叩《たた》かれた。

「なにいちゃついてんだよ。朝から見せつけられたわ」

にやけ顔でそう言ってきたのは、後ろの席に座る仁志川翼《にしかわつばさ》だ。彼とは中学からの仲だが、同じクラスになったのは初めてだった。

「いちゃついてないって。てかお前はどうなの？　最近うまくいってんの？」

「ああ。毎日遅くまで電話してるし、まだ喧嘩《けんか》もしたことない」

「ふうん。それはよかった」

仁志川は先月から同じクラスの花丘紗季《はなおかさき》と交際を始めていた。

二年に進級して一ヶ月経たずしてふたりは付き合い始めたのだ。初対面だったふたりが、出会ってからたったの一ヶ月で交際に踏み切ったのが信じられなかった。

そんな短期間で人を好きになれるものなのか、と。

彼らはただ恋をしたかっただけで、相手は誰でもよかったのではないだろうか。本当にそうではないというのだったら申し訳ないが、しかし傍《はた》から見ればそうとしか思えなかった。

「仁志川は花丘のどこが好きなの？」

俺は、具体的な答えは返ってこないだろうと踏《ふ》んでいた。

「どこって、まあ、全部だよ、全部」

やっぱり。呆れながらも質問を続ける。

「具体的には？」

「う〜ん、かわいいところとか、素直なところとか。あと身長とか声も俺好みだし、ショートカットが似合うところも好きかな。とにかく、全部だよ」

どうかわいいのか、どう素直なのか知りたかったが期待している答えは返ってきそうにないので聞くのはやめた。自分好みの身長の女やショートカットが似合う女なんて、べつに花丘じゃなくたってほかにもいるはずだ。絶対に彼女でなくてはならない理由にはならない。

「じゃあ、逆に花丘の嫌いなところは？」

「ないよ、嫌いなところなんて。全部好きだから」

「あ、そう」

「うん」

嫌いなところなどないと断言した仁志川を見て、こちらが恥ずかしくなってくる。よくもまあそんなことが言えるもんだ。恋は盲目と言われる所以《ゆえん》がわかった気がした。

「まあでも、お前らまだ付き合いだしたばっかだもんな。欠点はそのうち見えてくるよ」

「じゃあ青柳は高坂の好きなところと、嫌いなところはどこなんだよ」

そう聞き返されて口を噤《つぐ》む。どこだろう、と呟《つぶや》いてしばらく考え込むが、チャイムが鳴ってしまい話は中断した。

ふいに視線を感じ、斜め後ろを振り返る。

「うわっ」

そこに立っていたのは死神のサチヤだ。無言で俺を見つめている。

「ん？　どうした青柳」

仁志川が訝《いぶか》しげな目で聞いてくる。彼にはサチヤが見えないのだ。

「いや、なんでもない」

「そうか」

俺は前に向き直り、ノートを開いてそこに文字を書く。

『気が散るからどこかへ行ってくれ』

そう書き終えると、サチヤはノートを覗《のぞ》き込む。

「何度も言うようですが、これは規則ですので」

『だったら、せめて遠くから見張ってくれ』

さらに書き加えると、背後で足音がしたので振り返る。サチヤは教室の後方に移動し、まるで参観日の保護者さながらに俺を監視してきた。

「僕のことはお気になさらず」

保護者席から声が飛んでくる。死神が保護者だなんて冗談じゃない。

彼のことは一旦《いったん》忘れて授業に集中するが、教師の言葉は一向に頭に入らなかった。

放課後、教科書を鞄《かばん》に詰めているとクラスメイトの中山《なかやま》から遊びの誘いが入った。

「なあ青柳、帰りどっか遊びに行かない？」

いつもならその誘いに応じていたが、今日は約束があった。

「あー悪い。今日は用事ある。また誘って」

「もしかして高坂とデートか？　仁志川も今日花丘とデートらしくて断られたんだよ。ふざけんなよお前ら」

軽く肩を殴られる。モテないお前が悪いんだと内心思いながら、「悪い悪い」と彼を宥《なだ》めて席を立つ。

未波の席に視線を向けると、すでに帰り支度を済ませてこちらを見ていた。

「こうちゃん、帰ろう！」

「……ああ」

未波は俺の腕を摑《つか》んで並んで歩く。以前、恥ずかしいから学校ではくっついて歩くなと注意したはずなのに。腕を振り払おうか迷ったが、仕方なくそのまま歩くことにした。

未波はあと十二日しか生きられないのだから。

俺はたったの十七年しか生きられない恋人に同情してしまい、せめて残りの十二日間は彼女の好きなようにやらせてやろうという気持ちになっていた。

ちらりと振り返ると、サチヤが怠《だる》そうにコートのポケットに手を突っ込んで数メートル後方からついてくるのが見えた。

もっと離れてくれ、と目で合図を送ったが、サチヤは小首を傾げるだけだった。

「で、どこ行くの？」

校舎を出て駐輪場から自転車を押しながら歩き、校門を出たところで未波に訊《たず》ねる。

彼女は電車通学なので鞄だけを手にして俺のすぐ横を歩いている。

「んー、とりあえず暑いからアイス食べに行きたい。そのあとのことはアイスを食べながら考えよう」

「……わかった」

放課後までに考えとくんじゃなかったのかよ、という言葉は飲み込んだ。未波の優柔不断は昔から変わらないままだ。

未波とふたり乗りをして近くのショッピングモールへ向かう。生温《なまぬる》い風を全身で受け止め、必死にペダルを漕《こ》いでいく。後ろを振り返ると、サチヤの姿はもう見えなくなっていた。

「こうちゃんとふたり乗りなんて、久しぶりだね」

「あー、そうだっけ？」

「うん！」

未波はそう言って俺の背中に顔を埋《うず》めた。たしかに久しぶりかもしれない。いつもは男友達を後ろに乗っけてばかりいたから、今日は驚くほどペダルが軽い。

温かい体温と微《かす》かな鼓動を背中に感じる。

あと十二日で、このぬくもりもこの脈動も消えてしまう。でも、それが未波の運命なのだから仕方がない。どうして死神は俺にこんなことを背負わせたのか、改めて憤りを覚える。

やっぱり俺じゃなくて、こういうのは家族に背負わせるべきじゃないのか。

なにか死神を説得する方法はないかと考えているうちに、ショッピングモールに到着した。

アイスクリーム店に直行し、俺はバニラを、優柔不断な未波は数分迷った末に名前の長いカラフルなアイスを注文した。

「やっぱりここのアイスは最高だね」

鼻の頭をアイスで汚しながら未波は言う。こういうことを計算でやるようなやつじゃないから、余計に呆《あき》れてしまう。

「鼻についてるよ」

「え？　あ、ほんとだ」

未波はポケットティッシュで鼻についたアイスクリームを拭《ふ》き取る。すると俺の顔を見て、くすりと笑った。

「こうちゃんもついてるよ。口の横に」

未波はそう言ってティッシュをもう一枚抜き取り、俺の口元を拭いてくれた。

なんだ、このバカップルみたいなやり取り。知り合いに見られていたら終わりだ。恥ずかしくて校内を歩けたものじゃない。周囲に首を巡らせてみたが知っているやつはいなくて安堵《あんど》する。

「このあとどうしよっか」

「べつにどこでもいいよ。未波の行きたいところで」

そう言ったあと、未波はじっと俺の顔を見つめる。まさかまたアイスがついているのだろうかと口元を拭《ぬぐ》うが、なにもついていなかった。

「なんか今日のこうちゃん、優しいね。いいことでもあったの？」

「べつに、なんもないって」

「ふうん、そっか」

今のところ悪いことしか起きていないが、そんなことは未波には口が裂けても言えない。背後に死神の視線を感じるから。

しばらく考え込んだあと、カラオケに行きたいと未波が言ったので、先に完食した俺はスマホをいじりながら彼女が食べ終わるのを待った。

未波は俺を待たすまいと急いでアイスを口に運ぶが、頭を押さえて苦悶《くもん》の表情を浮かべる。

「頭痛い……」

「急いで食べるからだろ。ゆっくりでいいから」

「わかったぁ」

未波がゆっくりとアイスを食べ終えたあと、ショッピングモールを出てすぐのところにあるカラオケ店にふたりで向かった。いや、ふたりと死神ひとり。

「こうちゃんとふたりでカラオケなんていつ以来かな。去年の今頃なんかよく行ってたよね」

入店するとオレンジ色のL字形のソファが置かれた部屋に案内された。L字形なのに未波はわざわざ俺の隣に腰を下ろす。サチヤはソファの端っこで体育座りをしていた。

「まあ、あの頃はカラオケにハマってたからな」

「そうだったね。こうちゃん先に歌う?」

「いや、先に歌っていいよ」

未波はうなずくと、タッチパネル式のリモコンを操作して曲を入れた。聴き覚えのあるイントロが流れてくる。未波が必ず一曲目に歌う曲だ。

ノリノリで歌う未波の姿を見て、今朝仁志川に問われた言葉をふと思い出す。

――じゃあ青柳は高坂の好きなところと、嫌いなところはどこなんだよ。

俺は未波のどこに惹《ひ》かれたのだろう。付き合い始めたのは二年前のことだからうまく思い出せない。じゃあ今は彼女のどこが好きなのか。そう聞かれても明言できなかった。

好きか嫌いかで言えば、まちがいなく好きだと答える。

でも、俺は今まで本気で人を好きになったことがないのだ。人を好きになるということが、そもそもどういうものかも理解できていなかった。

未波に告白されたときも、なんとなくかわいいと思ったから、付き合ってもいいかという気になって承諾しただけだった。

当時俺の周りには恋人がいる同級生は何人かいたが、「かわいかったから」だとか、「彼女がいた方が楽しいじゃん」といった理由だけで大して好きでもないのに交際を始めたやつは少なくなかった。

付き合う理由なんて、そんな些細《ささい》なものでいいのだ。そこまで好きじゃなくたってなにも問題はない。仁志川のように恋人を溺愛《できあい》している者もいれば、そうでない者もいる。そこに大きな差はなく、男女交際にはいろんな形があっていいはずだ。

「こうちゃん、曲入れた？」

「え？　ああ、ごめんまだ」

ふと気がつくと、未波は一曲目を歌い終わっていた。急いで曲を入れ、マイクを握る。イントロが流れると未波は体を揺らして手拍子をする。今はなにも考えず、歌に集中することにした。


「そろそろ帰らなきゃだ。こうちゃん、まだ歌う？」

一時間半くらい経った頃、未波はスマホで時間を確認してから言った。サチヤは体育座りのまま眠っている。

「いや、もう大丈夫」

「じゃあ、帰ろっか」

「うん」

俺は年中金欠なので、料金はバイトをして余裕のある未波が支払ってくれた。ふたりで遊びに行くときはいつものことで、さっき食べたアイス代も未波が払った。悪いなとは思いつつ、いつも甘えてしまっている自分が情けない。

気まずいのでレジから少し離れて会計が済むのを待った。

「お待たせ！　またふたりで来ようね」

「……そうだな」

店を出て、自転車を押して歩きながら未波と帰路につく。もうすぐ午後六時を回るが、この時間でも夏の空はまだ青かった。

「早く夏休みにならないかなぁ。あと一ヶ月かぁ」

暮れていく空を見上げて、未波はぽつりと言った。残念だけど、未波に夏休みはやって来ない。

気の毒だが、今はなにも知らないふりをして話を合わせるのが無難だろう。未波に告げたらきっとそれなりのペナルティがあるにちがいなかった。

「あと一ヶ月だな。今年の夏休みはなにか予定あるの？」

「この前その話したじゃん。こうちゃん、もう忘れちゃったの？」

「あれ、そうだっけ」

「うん。来年は受験生だから、今年の夏休みはあちこち出かけようってメッセージ送ったじゃん。わたし、そのためにバイト頑張ってるんだからね」

そういえば数日前にそんな話をしていたような気もする。未波からのメッセージにはいつも適当に返していたからあまり覚えていなかった。

少し歩いたあと、未波を自転車の荷台に乗せて家まで送った。家は少し離れているが帰る方向が同じで以前はよく送っていた。でも、最近は一緒に下校すること自体減っていた。

いつからそうなってしまったのだろう。気づけば放課後は友達と帰ることが習慣になっていた。未波は俺に気を遣って一緒に帰ろうとは言ってこない。本当は今日みたいにふたりで下校したいはずなのに。

「じゃあね、こうちゃん。また学校でね」

「ああ、また明日《あした》な」

未波を降ろしてから自宅へと急ぐ。ペダルは少し軽くなったが、なにか物足りない気もした。

自宅の敷地内に自転車を停めて周囲に視線を走らせる。近くにサチヤの姿はなく、嫌な予感がした。恐る恐る玄関のドアを開ける。

「うわっ」

「幽霊でも見たかのような反応はやめてください」

「いや、幽霊みたいなもんじゃん」

「ですから、僕は死神です」

案の定、ドアを開けた先にサチヤはいた。どちらかというと幽霊の方がよっぽどマシだ。いや、それはそれで困るけれど、死神は最も会いたくない空想上の人物のひとりと言える。

サチヤの体をすり抜けて階段を上がり、自室に入った。サチヤも当然壁をすり抜けて入室してくる。ひとりになれるのは自転車での移動中やお風呂《ふろ》、それからトイレの中だけだ。プライベートなどあったものじゃない。

「なあ、もし俺が未波に話したらどうなるんだ」

話すつもりはないが、念のため聞いてみた。聞かずともなんとなく想像はつく。

サチヤは声に感情を乗せず冷淡に答えた。

「誰であれ人に話した場合は、あなたも未波さんも死にます」

予想していた以上の言葉が返ってくる。まさかふたりとも死ぬことになるとは思わなかった。自分は本人にではなく、他人に話したくせになんて理不尽なんだろう。そういうところは死神らしくてうんざりする。

サチヤに文句を垂れてやろうと思ったとき、スマホが鳴った。画面に視線を落とすと、届いたのは未波からのメッセージだ。

画面上に収まりきらないほどの長文で送られてきたので、途中で読むのをやめた。デートのあと、未波はいつもこうやって長文のメッセージを送ってくるのだ。楽しかったときはとくにそうなる傾向が強い。

久しぶりのデートだったからか、今日はいつにも増して分量が多めだ。一旦《いったん》返事はあとにして、未波とのメッセージのやり取りを読み返してみる。

彼女が言っていたとおり、数日前に遡《さかのぼ》ってみるとたしかに夏休みの話をしていた。俺はそのときスタンプで返事をしていて、内容をしっかりと読んでいなかった。

海や花火大会、夏祭りや蛍を見に行きたいなど、夏休みまでまだ一ヶ月もあるのに未波はすでに綿密に計画を立てているようだった。文面にも気持ちの昂《たか》ぶりが表れている。未波は夏休みを相当楽しみにしているようで、読んでいて辛《つら》かった。

昨年の夏休み直前、未波は体育の授業で足を捻挫《ねんざ》してしまい、全治一ヶ月と診断され長期休暇の大半を棒に振った。

昔から鈍くさいやつで、なにもないところで転倒することもよくあった。

捻挫した足では砂浜は歩けないし、夏祭りで雑踏の中を歩くのも困難で、すべての予定のキャンセルを余儀なくされた。

完治したかと思えば今度は雨が続き、彼女は夏休みのほとんどを自宅で過ごすことになった。

その上待ちに待ったはずの今年の夏休みはもう永遠にやって来ないときたものだから、彼女が不憫《ふびん》でならない。

薄幸で薄命。あまりにも気の毒すぎる。

胸が痛くなってきたので未波のメッセージに短い言葉で返信して、画面を閉じた。

その日の深夜。俺は真っ暗な部屋の中でベッドに横になり、スマホの画面をぼんやりと見つめていた。サチヤは壁に背中を預け、体育座りをして小さな寝息を立てている。

写真アプリをタップして何百枚とある画像や動画の中から、未波を探す。

直近の写真はほとんど男友達と撮ったものや風景などで埋め尽くされ、未波が出てきたのは半年以上前に撮ったクリスマスの日の一枚だった。それも写っていたのは手元だけで、クリスマスケーキがメインだ。

さらに遡ると、昨年の十月に行われた文化祭のときに撮った未波の写真が数枚あった。たしか文化祭の二日目に一緒に校内を回りたいと言われて、ふたりで他クラスの模擬店を見て回った記憶がある。おそらくそのときにノリで撮った写真だろう。童顔で小柄な未波はこの頃は中学生と言われても不思議じゃなかった。まあ、今でも変わらないけれど。

画面をスクロールしていくとさらに古い写真も出てきた。

最も古いものは中学三年の、交際を始める前の写真だ。俺も未波も幼すぎて笑える。とくに俺は今より前髪が長くて気持ちが悪い。なんか顔色まで悪い気がするし。

しかしどの写真を見ても、未波は常に笑顔だった。その笑顔だけは何年経っても変わらずに輝いていた。

ため息をついてスマホの画面を閉じる。天井を見つめると、暗闇の中に画面の残像だけがくっきりと浮かび上がる。

それを振り払うように目を瞑《つぶ》り、未波と過ごした日々を回顧する。

俺の記憶では、未波と出会ったのは小学三年の春。進級して未波と同じクラスになったが、話したのはたぶん数回程度。その後は接点がほとんどないまま進級してクラスが離れてしまい、一度も話すことなく小学校を卒業し、同じ中学に進学した。

本格的に仲良くなったのはたしか、中学一年の秋だったろうか。再びクラスが一緒になり、俺と未波がジャンケンで負けて図書委員を務めたことが機縁でよく話すようになった。

偶然好きなアニメが同じで、何度か一緒に帰ったこともあった。その頃はただの良き友人のひとりで、のちに交際を始めることになるなんて想像もしていなかった。

二年、三年と進級してクラスは別々になり、疎遠になったこともあったが、それでも友人関係は変わらずに続き、学校でも外でも時々顔を合わせていた。

未波と付き合い始めたのは中学三年の夏。二年前の七夕祭りの夜、未波から交際を申し込まれたのだった。

「わたし、こうちゃんのことが好きです！　付き合ってください！」

そのストレートな言葉や未波の強張《こわば》った表情は今でもはっきりと思い出せる。それまで未波の好意に気づいていなくて驚いたのはもちろん、誰かに好きだと言われたのも初めてのことで、素直に嬉《うれ》しかった。

七夕祭りの夜というシチュエーションのせいか気持ちが昂《たか》ぶり、深く考えずに「いいよ」と俺は答えていた。周りには恋人がいるやつが多かったし、試しに付き合ってみるのも悪くないと思った。

好きだとか付き合うだとか、それがどういうものなのかよくわからなかったけれど、あのときの自分の選択はまちがっていたとは思わない。それなりに楽しかったし、いい思い出もつくれた。けれど最近になって気持ちが離れてしまったのは、やはり最初から好きという感情が少なかったからなのかもしれない。

頻繁に連絡を取り合ったり、定期的に遊ばないといけなかったり。その不自由さにだんだん嫌気がさして、いつしか関係を終わらせたいと思うようになった。彼女のことが嫌いになったわけではないが、このままだらだらと交際を続けてもお互いによくないと思うし、そのうち未波を傷つけてしまいかねない。

いつかは別れを切り出そうと思っていたが、もたもたしているうちに死神が現れ、今やその必要はなくなった。もうすぐ死んでしまう未波にわざわざ別れを告げるような残酷なことはやめにして、せめて残りの十二日間は幸せに過ごしてほしいと今は考えている。いや、もう日付が変わっているから、あと十一日しかないのか。

　未波が後悔を残さずこの世を去るために、できる限りの協力はしたいとも思う。それが俺にできる精一杯の償いだ。

　明日《あした》に備えて早く眠ろうと無心になるが、頭の中はすぐに未波のことでいっぱいになってしまう。気持ちが離れたと言っても、やっぱり恋人がもうすぐ死ぬと告げられるとそれなりにショックは大きい。

　気を紛らわすためにスマホで音楽を流してみたが、これは未波が好きな曲だったと思い出して余計に眠れなくなった。


「康介！　いつまで寝てんの！」

「うわっ」

　頭に衝撃が走り目を覚ました。どうやら姉に枕を剝《は》ぎ取られた上にその枕で頭を殴られたらしい。一瞬なにが起きたのかわからず、がばっと起き上がった。

「早く朝ご飯食べないと遅刻するよ！」

　声高にそう言い残して姉は部屋を出ていった。

　時計を確認すると、いつもの起床時間を三十分も過ぎていた。慌ててベッドから飛び出して身支度を整える。

「おはようございます」

「お前、起きてんなら起こせよ」

部屋の隅っこでぼけっと突っ立っていたサチヤに苛立《いらだ》ち、声を荒らげる。

「それは僕の仕事ではありませんので」

なんだよ、と吐き捨てて部屋を出る。軽く朝食を摂《と》ったあと、自転車を飛ばして学校へと急いだ。

何基もの信号を無視して横断歩道を渡っていく。

教室に到着したのは始業時刻の一分前。肩で息をして呼吸を整え、自分の席に座る。

「ギリギリだぞ、青柳」

後ろの席の仁志川が背中を小突いてくる。

「寝坊したんだよ」と振り返って答える。今日も保護者席にサチヤがいて苛立ちが募る。

「昨日久しぶりに高坂とデートしたんだって？　もっと遊んでやれよ、彼女なんだから」

「なんで知ってんだよ。見てたのか」

「いや、紗季ちゃんに聞いた。これ言ったら怒られるけど、高坂のやつ、本当はもっとお前と遊びたいらしいぞ」

未波は仁志川の恋人である花丘と仲が良く、どうやら俺のことで相談に乗ってもらっているらしい。だから仁志川に筒抜けなのか。

返事をする前にチャイムが鳴り、前に向き直る。視線は無意識に未波の方へ向いてしまう。彼女は隣の席の花丘となにやら笑い合っていた。

授業が始まってからも、俺はつい未波に視線を送っていた。昨日は遅くまで起きていたのか欠伸《あくび》をしたりウトウトしたりと、まったく授業に集中できていない。数学の教科担任がちらちらと未波を気にしているようで、怒られやしないかとひやひやした。

「高坂！　聞いてるのか！」

教科担任の堪忍袋の緒が切れたのは、未波がついに睡魔に負け、机に突っ伏した数分後。未波はすぐに顔を上げ、「起きてます！」と平気で嘘をつき、周囲を笑わせていた。

その十分後に彼女は再びウトウトし始め、またしても教科担任に怒られる羽目になった。

三時間目の体育の授業では男女ともに体育館を使用し、男子はバスケットボールを、女子はバレーボールの授業をそれぞれのコートで行った。そこでも自分のチームが休憩のときは常に未波を目で追ってしまう。未波は昔から運動音痴で小学生の頃はとくに体が弱く、体育は見学していることが多かった。

未波のところへボールが飛んでいくたびに心配になる。案の定、未波はうまくボールを受けることができず、チームの足を引っ張っている。サーブも相手のコートはおろか、ネットにすら届いていなかった。

「紗季ちゃん、頑張れ！」

俺の隣に座っていた仁志川が恋人の花丘に手を振って声援を送る。

「ありがとう、つーちゃん！」

花丘も満面の笑みを向けてそれに応《こた》える。翼だから、つーちゃん。相変わらず見ているこちらが恥ずかしくなるカップルだ。ふたりのやり取りを未波も見ていたようで、ふいに彼女と目が合ってしまう。

未波はにこりと笑って控え目に手を振ってきたが、俺は気づかないふりをして視線を逸《そ》らした。仁志川と花丘みたいな痛々しいカップルにはなりたくないから。

しばらくあちこちに視線を彷徨《さまよ》わせたあと、もう一度未波に目を向ける。ちょうど未波のもとへボールが飛んでいき、うまくレシーブができずに尻《しり》もちをついていたけれど、未波は楽しそうにへらへら笑っていた。

「おい青柳、東城《とうじょう》が呼んでるぞ」

昼休みに入って弁当を広げたとき、仁志川が俺の背中を軽く叩《たた》いた。教室後方のド

ア の前に五組の東城亜美《あみ》が立っていた。

彼女は制服を着崩し、おしゃれに着こなしている。長い黒髪の毛先はくるくるに巻かれていて、ぱっと見は未波とは正反対の派手なタイプ。短いスカートからはすらりと細長い足が伸びている。

顔はそれなりに整っていて、スクールカーストでは上位に所属する一軍女子だ。

手にしていた弁当箱を一旦《いったん》机に置き、席を立つ。未波の視線を感じるが、気にせず東城のもとへ歩く。

「なに？」

「今日一緒に帰らない？　どっか寄って帰ろうよ」

「……いや、今日はちょっと。ごめん」

東城の表情が曇る。長い髪の毛先をいじりながら、「じゃあ明日は？」と不服そうに口にした。

「明日もちょっと、わからない」

「高坂さんと遊ぶの？」

「それもちょっとわからない」

「ふうん、まだ別れてなかったんだ」

東城はじっと俺を見つめたあと、教室の中をちらりと覗《のぞ》いてから去っていった。たぶん、未波を一瞥《いちべつ》していったのだろう。

「三角関係ってやつですか？　青柳さん、意外とモテるんですね」

「うわっ」

背後から突然サチヤに声をかけられ、びくりと後ろにのけぞった。学校でいきなり声をかけるなと昨日彼が寝る前に忠告したのに、もう忘れているのか。

近くにいたクラスメイトが突然声を上げた俺に驚いていて申し訳なくなる。

「べつに、ただの友達だよ」

ぼそりと小声で呟《つぶや》いてから自分の席に戻る。視界の端で未波の視線を感じるが、無視して弁当のおかずを黙々と口に運んだ。

東城亜美は、一年のとき同じクラスだった。彼女には未波のことでよく相談に乗ってもらっていたが、いつからか好きじゃないなら別れちゃえばいいじゃん、とせっつかれるようになった。

「未波とは来週話をして、別れるつもりだから」

サチヤが俺の前に姿を現す数日前、東城にはそう伝えていたから様子を見に来たのだろう。彼女に諸々《もろもろ》の事情を説明することができないので、なんて答えればよかったのかわからなかった。

「私は連絡とかしなくても平気だし、遊ぶのもたまにで大丈夫だよ」

以前未波と毎日連絡を取ったり遊んだりするのが苦痛で相談に乗ってもらったとき、東城からそう言われたことがあった。直接好きだと言われたことはないが、俺に対して好意があることくらいは薄々勘づいてはいた。

最初は相談に乗っていたのは俺の方で、東城には元々交際相手がいたが、今は別れたらしい。

相談に乗ってもらっているうちに好きになるという典型的なパターンで、「康介くんが彼氏だったらよかったのに」などと言われたことも何度かあった。

毎日連絡をしなくてもよくて頻繁に遊ばなくてもいいのなら、と揺れたこともあったが、そんな理由で東城に乗り換えるのは人としてどうなのだ、とすんでのところで理性が働き、彼女とは不即不離の関係が続いていた。

東城は未波とはちがい、サバサバしているところが一緒にいて楽だった。当時はお互いの恋人に不満を持つ仲間同士というか、良き理解者としていい関係を築けていた。しかし東城の方が恋人と別れた途端、いつまでも未波と交際を続ける俺にしびれを切らしたのか、早く別れなよ、としょっちゅう連絡が入るようになった。

「そろそろ別れると思う」と曖昧《あいまい》に答えていると、いつからか今みたいに教室にまで来るようになってしまったのだった。

未波には一年の頃の友達だと話している。多少の不満はあるかもしれないが、深く追及してくることは今のところなかった。

「浮気か？」

後ろの席から仁志川が背中を小突いてくる。

「ちょっと話しただけで浮気になるかよ」

箸《はし》で仁志川を刺すフリをして言い返した。やめろって、と仁志川はにやけながら弁当箱の蓋《ふた》を盾にして応戦してくる。まるで小学生のようなじゃれ合いで恥ずかしくなる。

「高坂、不安そうな顔でこっち見てるぞ」

仁志川は声をひそめて言った。俺は未波を振り返らずに、白米を一気に搔《か》き込んだ。

放課後、クラスメイトたちが勢いよく廊下へ駆けていく中、俺は未波の席へ向かった。

「わっ！　こうちゃんどうしたの？」

鞄《かばん》に教科書を詰めていた未波は、顔を上げると俺に気づいて目を丸くした。ビビりなところは俺とよく似ている。

「今日も一緒に帰るかなと思ってさ」

「え、今日も一緒に帰ってくれるの？」

「うん、べつにいいよ」

未波の表情は子どものようにぱあっと明るくなる。残りの十一日間は、今までできなかった分までできる限りの彼女孝行をしてやるつもりでいた。

「こうちゃんから一緒に帰ろうって言ってくれるなんて初めてじゃない？　なにかあったの？」

通学路をふたりで歩きながら、未波は声を弾ませて言った。すぐ後ろにサチヤがいるので、正確には三人だけど。

「あーそうだっけ？　べつになにもないけど、今日もどこか寄って帰るか？」

「ごめん。今日バイトがあるから、少しだけなら大丈夫なんだけど……」

眉《まゆ》を八の字にして未波は顔を曇らせる。バイトなんてもう辞めてしまえばいいのに。

「そっか、バイトか。何時に終わるんだっけ？」

「十時だよ」

「そっか、頑張れよ」

「うん、頑張る」

未波のバイトの時間まで昨日行ったショッピングモール内にあるゲームセンターで時間を潰《つぶ》し、それからバイト先まで自転車で送った。そこは全国チェーンのファミリーレストランで、未波は一年の頃からウェイトレスとして働いている。

「じゃあな」

「うん、今日はありがとね」

手を振って未波は店内に入っていく。鈍くさい未波がウェイトレスなんて務まるのだろうかと今になって不安になる。注文を取りちがえたり、転んで皿を割ったりといった姿が容易に想像できる。でも、もう働き始めてから一年以上は経っているのだ。意外と無難にこなしているのかもしれないな、と思いながら帰路についた。

「そんなに未波さんのことが好きなんですね」

「うわっ」

夕食を済ませて自室のベッドで横になっていると、サチヤが耳元でぼそりと呟いた。こいつ、俺を驚かせようとわざとやっているとしか思えない。

「急に話しかけるなって。それに、未波とは別れようと思ってたって言っただろ。未練とかはないよ」

「じゃあ、どうして未波さんの写真を見てたんですか？」

慌ててスマホを枕の下に隠す。データフォルダの中には未波の写真が少ないので、メッセージアプリの彼女とのトーク履歴の中から写真一覧を見ていた。ふたりで撮った写真を未波はよく俺に送ってきていたのをふと思い出したのだ。そこにはたくさんの未波の写真があって、しばらく眺めているとサチヤに声をかけられたのだった。

「ただ昔の写真を見てただけだよ。いちいちうるさいな」

「そうでしたか。それは失礼しました」

相変わらず見た目とは不釣り合いの口調で言い、彼は部屋の隅に移動して腰を下ろした。

枕の下からスマホを取り出し、ふたたび画面に視線を落とす。今年の春、同じクラスになって目に涙を浮かべて笑っている未波の写真が画面いっぱいに表示されていた。これを撮ったのは俺ではなく、たしか花丘だった気がする。未波の横で仁志川と肩を組んで呑気《のんき》に笑う俺の姿も写っていた。

「呑気に笑ってる場合かよ」

懐かしい写真を眺めながら、過去の自分に突っ込むようにぼそりと呟《つぶや》いて画面を閉じた。

第二章

未波が死んでしまう日まで、あと十日になった。今日は土曜日で学校は休みだった。

時刻は午前七時半。部屋の片隅では死神のサチヤがお馴染《なじ》みの体勢で眠っている。

リビングに下りて軽く朝食を摂《と》ってから姉の部屋に入り、ベッドで眠っている姉を起こさないように本棚を物色して何冊か手に取る。

姉の本棚は少女漫画や恋愛小説が大半を占めていて、ほかには恋愛指南書や自分を磨く系の自己啓発本などが多い。付けられた付箋《ふせん》の数も病的なレベルで、姉の恋に対する執着は尋常じゃない。

恋愛本なんてまったく興味はないけれど、なにげなく手に取った『恋の名言集』と表紙に書かれた本のページを開いてみる。

『愛とは、育てなくてはいけない花のようなものだ』

その言葉にはマーカーが引いてあり、とくに気に入っている名言らしい。

姉は本だけでなく、映画やドラマもラブストーリーを好み、音楽もラブソングばかり聴いている。

姉は根っからの恋愛体質で、将来は恋愛アドバイザーになると以前から豪語していた。しかし姉はいつも男に泣かされてばかりの恋をしていて、男を見る目がなかった。浮気をされたり暴力を振るわれたり、挙げ句の果てには財布からお金を抜き取られたり。とにかくろくでもない男を好きになってしまうらしい。

男に振られるたびに泣きながら俺に愚痴ってきて、数時間話を聞かされるのが毎回しんどかった。しかも散々愚痴った翌日にはケロッとしていて、また別の誰かを好きになるまでがお決まりのパターンとなっていた。

姉の本棚にあるこれらの本は、正直役に立っているのかよくわからなかった。

「康介、なにしてるの？」

姉が目を擦《こす》りながらベッドから起き上がる。

「あっ」と姉は俺が手にしていた本に気づき、にやりと意味深な笑みを零《こぼ》した。

「やっと読む気になった？　それ、貸してあげる」

「いや、俺じゃなくて。未波が読みたいって言ってたから」

取り繕うように適当な嘘をつき、何冊か手に取って自室に戻る。

『人を好きになることとは』

表紙のタイトルを眺めて、それからページをめくる。以前姉がしつこいくらいに俺に勧めてきた一冊。

「あんたみたいに本気で人を好きになったことのない人間はこれを読むべきだよ」と姉は押しつけてきたが、頑《かたく》なに断っていた。

本の内容は表題どおりで、いろんな形の愛についてつらつらと記されている。数ページ読んだところで飽きてしまい、勉強机の上に放り投げた。

その音でサチヤが目を覚ました。

「おはようございます。いい朝ですね」

サチヤの挨拶《あいさつ》に、「はあ」と深いため息で応じる。死神が自分の部屋にいるなんてせっかくの休日が台無しだ。

「今日は未波さんとは会わないんですか？　せっかくの休日なのに」

「……今日は午後からバイトなんだと。ていうか、もしかして死神って人の心読めたりする？」

「いえ、死神にそういう力はありません」

「……そうか。それならよかった」

サチヤにかまうのをやめて、姉の部屋から持ってきた少女漫画を開いて読み始める。

今までこういったタイプの漫画とは無縁な人生を歩んできたせいか、一向に物語が頭に入ってこない。俺の部屋にある漫画本のほとんどがバトル系の少年漫画だった。

恋愛や人を好きになるという気持ちに疎いため、なにかヒントを得られたらそれでよかった。自分でもなぜこんなことをしているのか理解できないが、未波を少しでも好きになった理由を知りたいのかもしれない。

「人を好きになることって、なんなんだろうね」

ずいぶん前の東城の言葉が、頭の中で響いた。恋人とうまくいかず、相談に乗っているときに彼女が突然口にした答えのない問い。

俺には当然わかるはずもなく、「寂しさを紛らわす手段じゃない？」と色気の欠片《かけら》もないことを口走った。

ある意味正しいかもね、と東城は寂しげに笑っていたのを覚えている。

家に帰って恋愛マニアである姉に問いかけると、「会いたいとか、一緒にいたいとか、触れたいとか、そういう気持ちを相手に抱くことが好きってことだよ」と熱弁した。

それでスイッチが入ってしまったのか、その後一時間近く恋愛談義を聞かせられ、姉に問いかけたことを激しく後悔したのだった。

今もなにか学びになればと姉の部屋から少女漫画を数冊持ってきたが、結局一冊も読みきることなくゲームに手を出してしまった。

姉の部屋には恋愛シミュレーションのゲームがいくつかあるが、それらをプレイする気も起きなかった。

「あと十日しかないのに、ゲームなんてしてていいんですか？」

しばらく無心でゲームに興じていると、見かねたのかいつもの定位置からサチヤの声が飛んでくる。

「言われなくてもわかってるよ、そんなこと」

言いながら、画面上に現れる敵を素手で殴り倒していく。こんなことをしている場合じゃないことは、俺が一番よくわかっていた。もう時間がないからこそ、どうしていいのかわからず動けないのだ。

「わかってるなら、未波さんに会いに行ったらどうですか。大切な人との最後の時間を大事に過ごしてほしいから告げたのに」

「勝手に告げといて勝手なこと言うなよ。どう過ごそうが俺の自由だろ」

そうですね、とサチヤは欠伸《あくび》を嚙《か》み殺して退屈そうに言う。ゲームをして、漫画を読んで、またゲームをして。これほど有意義な休日はほかに知らない。ひたすらそれを繰り返していると、スマホが鳴った。

『今なにしてる？　駅前のカフェにいるんだけど、これから会えない？』

届いたのは東城からのメッセージだ。返事をせずに一時停止していたゲームを再開する。けれどすぐに敵にやられてしまい、電源を切った。

「どこか出かけるんですか？」

「うん、まあ……」と曖昧《あいまい》に返事をして服を着替えてから部屋を出る。サチヤは当たり前のように壁をすり抜け、俺のあとについてくる。

「どこへ行くんですか」との彼の問いかけに、「ちょっとそこまで」と答えて目的の場所へと向かう。

向かった先は、呼び出された駅前の小洒落《こじゃれ》た小さなカフェ。店内はクーラーが程よく効いていて、生き返った気分になる。木目を基調としたテーブルや所々に配置されている観葉植物が心地よく、ここは何度か利用したことがあった。

窓際のテーブル席で待っていた東城と目が合い、彼女は小さく手を振ってくる。

「来てくれてありがと。なに頼む?」

椅子に座ると東城は表情を明るくしてさっそくメニューを俺に渡す。数秒目をとおして、ジンジャエールを注文した。

「康介くん、今日はなにしてたの?」

「家でゲームしてた。東城は?」

「そっか。私はさっきまで買い物してて、ここで本読んでた。秋に映画化されるやつ」

東城はテーブルに置いていた本のブックカバーを外し、表紙を俺に見せてくる。それは恋愛小説のようで、姉の本棚にも同じものがあったのを思い出した。

「へえ。面白いの?」

「まだ途中だけど、面白いよ。公開されたら一緒に観にいかない？」

「……ん」

曖昧に答えてお茶を濁した。その頃には未波はいないのかと思うと、瞬く間に暗い気持ちになった。届いたジンジャエールをひと口飲んで間を埋める。

「もうすぐ未波さんが死ぬっていうのに、ほかの女性と呑気《のんき》にお茶していいんですか」

背後から雑音が聞こえてくる。この店は変なBGMを流しているんだな、と聞こえなかったふりをする。未波に言われるならともかく、死神にそんなことを言われる筋合いはない。

「ここに来たの久しぶりじゃない？　私が元カレとのことで悩んでたときさ、よく康介くんに相談乗ってもらってたよね」

「ああ、そうだった。泣きながら相談されたときは焦ったわ」

「あのときはほんっとにごめん」

東城は照れくさそうに笑って両手を合わせる。恋愛に疎い俺に相談したところで解決に繋《つな》がらないと思うのに、彼女は事あるごとに俺に相談してきた。

一年のときに同じクラスで偶然隣の席になって、そこから東城とはよく話す仲になった。なんとなく気が合い、すぐに打ち解けた。けれど、どうしてか今は一緒にいると気が重い。今まで感じていなかった罪悪感が、ささやかながら芽生えていた。

「最近はどうなの？　高坂さんと」

ジンジャエールを飲もうと持ち上げたグラスを一度テーブルに置く。きっと東城が俺を呼び出した理由は、それについて聞くためなのだと彼女の声色の変化で悟った。

「べつに、いつもどおりだけど」

「ふうん。でも別れるって言ってたよね。あれはどうなったの？」

「あれは……ちょっと延期というか、今は一旦《いったん》小休止というか……」

しどろもどろになってうまく言葉が出てこない。姉が前に観ていた不倫もののドラマが頭をよぎる。不倫相手に早く奥さんと別れろと詰め寄られるあのシーン。その構図に今の状況が酷似していて、焦る必要もないのに焦りが募る。

なにも悪いことはしていないのだから堂々としていればいいのに、東城の目は見られなかった。

「もし言いづらいんだったら、私から高坂さんに言おうか？　康介くんが別れたがってるって」

それはやめてくれ、と思わず腰を浮かせて拒んだ。

「自分で言うから大丈夫。それに別れたとしてもしばらく恋愛はいいかな。そういうのあんま興味ないし、よくわかんないから」

腰を下ろしてゆっくり告げると、「ふうん」と東城は不満そうに手元のグラスに視線を下げる。

「修羅場ですね」と背後からサチヤが他人事《ひとごと》のように言った。サチヤが現れる少し前までは、未波と別れると東城に何度も話していたため、話がちがうじゃないかと彼女が憤るのも無理はなかった。

「私はね、康介くんに相談して元カレと別れてすっきりしたし、救われたところもあるから康介くんの力になりたいだけなの。だから早く別れてほしいとか、そういうことじゃないからね。変に誤解されたくないから、それだけは言っておく」

東城は取り繕うようにひと息に言うと、ストローに口をつけてアイスコーヒーを喉《のど》に流し込む。本当にそう思っているのなら、急《せ》かさないで見守ってほしかった。

「ありがとう。でも、俺は大丈夫だから。あんまり気にしないで」

そっか、と東城はつまらなそうに呟《つぶや》く。伏し目がちに髪の毛を指先でくるくるいじりだし、明らかに不機嫌になっている様子で戸惑ってしまう。

その後は話題を変えて東城の好きなアイドルグループの話をすると機嫌が直り、ほっと胸を撫《な》で下ろす。

東城と話していても、思い浮かぶのは未波のことばかりで話が頭に入ってこなかった。

今頃未波は、コーヒーでも運んでいるのかな。うまくやっているかな。

会話が途切れると、そんなことばかり考えてしまう。今までは誰かといるときに未波が頭に浮かぶことなんて一度もなかったのに、今は気になって仕方がなかった。

「ねえ、話聞いてる？」

「あ、うん。……ごめん。なんだっけ」

「だからさ、康介くんはどこの大学目指すのって」

「ああ。えっと、まだ考えてないかな。東城は？」

私はね、と東城が口にした大学名は聞いたそばから耳から抜けていく。

東城がトイレへと席を立つと、一度深く息を吐き出して天井を見上げる。照明の光が眩《まぶ》しかった。

「東城亜美。高校二年生。趣味はアイドルグループの追っかけと読書。性格は強気で頑固。両親と三つ歳の離れた兄がいる」

サチヤが手帳に目を落として東城のプロフィールを読み上げた。俺は後ろを振り返って小声で聞く。

「その手帳、ほかにどんなことが書いてあんの？」

「東城さんの生い立ちや未来のことなど、全部書いてあります」

「へえ。じゃあ東城の結婚相手とか、寿命とかもわかるの？」

「わかります」

教えて、と聞くとだめですと即答される。少なくとも、とサチヤは続けた。

「東城さんの結婚相手は青柳さんではありませんので、安心してください」

「そうなんだ。それは残念だ」

傷心したふりをしてジンジャエールを口に含む。東城の結婚相手が誰なのか気になったが、きっと教えてはくれないだろう。

「未波さん、今頃汗水流して働いているんでしょうね」

サチヤは手帳を閉じると、しんみりとした口調で言う。

「言われなくてもわかってるよ、そんなこと」

「でも、本当にいいんですか。こんなところにいて」

残りのジンジャエールを一気に飲み干して、小さくなった氷を口に含んでガリガリ噛《か》み砕く。

時刻は午後四時を回ったところ。未波は今日二時からバイトだと言っていたので、サチヤの言うように今頃せっせと働いているのだろう。

——あと十日しかないのに。

今朝のサチヤの言葉がふと蘇《よみがえ》る。改めて考えると、あと十日しかないなんてあまりにも短い。本当にこんなところにいていいのだろうかと自問する。

もしサチヤが俺の前に姿を現さなかったら、今頃どうしていただろう。もしかすると予定どおり未波と別れ、別々の道を歩んでいたかもしれない。今日ここで話した東城との会話の内容も、まったくちがうものになっていたかもしれない。

どうしてだろう。今すぐに未波に会いたい衝動に駆られた。

東城がトイレから戻ってくる。彼女が椅子に腰掛けたのと同時に、俺は以前彼女と話したことを改めて聞いてみた。

「あのさ、東城は人を好きになることって、どういうことだと思う？」

唐突な質問に、彼女は面食らった顔になる。

「そんなの私が知りたいよ。でもなんだろうね。気づいたらその人のことを考えていたり、声が聞きたくなったり、もっと知りたいって思ったりすることじゃない？」

あまり期待していなかったけれど、彼女の言葉にはっと胸を突かれる。未波の声が聞きたいし、今は未波のことをもっと知りたいとさえ思うようになっていた。

「そっか。たしかにそうだよな。ありがとう。ちょっと用事思い出したから、行ってくる」

「え？　なんの用事？」

「大事な用事。もう時間ないから、ほんとごめん」

財布からジンジャエール代を取り出し、それをテーブルに置いて店を出る。そこから自転車に乗って未波が働いているファミレスへと向かう。日は傾いていたが、夏の夕空はまだまだ明るかった。

「いらっしゃいませ……って、こうちゃん？　ひとりで来たの？」

未波のバイト先に入店すると、迎えてくれたのは未波だった。白いシャツの上から緑色のエプロンを着けて、髪の毛をお団子にしている。

突然の来店に目を丸くしている未波に、「ひとりですけど」と素っ気なく告げた。本当は背後に死神もいるのだけれど。

「あ、じゃあ……こちらの席へどうぞ」

未波は戸惑いつつもボックス席に案内してくれる。もうすぐ夕飯時ということもあって、店内はそれなりに混雑している。

「こうちゃんが来るなんて初めてじゃない？　どうしたの？」

まだバイト中だというのに、未波は嬉《うれ》しそうに声を潜めてそう聞いてくる。未波がここでバイトを始めてから一年以上経っているが、今までは意図的に避けていて、来店したのは今日が初めてだった。

「ちょっとここで勉強しようかと思って。勉強道具忘れちゃったけど」

「こうちゃんって、天然なの？」

未波は口元を押さえてクスクス笑う。来店した理由はあまりにも無理があったが、本物の天然である未波は疑う様子もなかった。

「注文はどうする？」

「とりあえずドリンクバーと、フライドポテトで」

「かしこまりました」

未波は恭しく頭を下げ、厨房《ちゅうぼう》へと歩いていく。俺はカフェですらひとりで入ったことがないので、そわそわして落ち着かなかった。ましてや恋人のバイト先に押しかけるなんて、俺じゃなくて仁志川がやりそうなことなのに。

未波がグラスを持ってくると、さっそくドリンクを確保しに席を立つ。どれにしようか迷って、結局ジンジャエールをグラスになみなみ注いだ。

「お待たせしました。こちらフライドポテトになります。熱いのでお気をつけください」

席に戻って数分後、未波がフライドポテトを持ってきてテンプレのような言葉を口にした。

ごゆっくりどうぞ、と未波はにこにこしたまま下がっていく。スキップでもしそうなほど彼女の足取りは軽かった。

フライドポテトを口に運びながら、未波が働いている様子を観察する。当たり前かもしれないけれど、未波は常に笑顔で接客していて、ほかのホールスタッフと比べてもひと際輝いて見えた。注文ひとつ取るにしてもこなれているし、厨房に向かう途中で別の客に声をかけられても如才なく受け答えをしている。

あの鈍くさい未波とは思えないほどてきぱき働いていて、ひたすら彼女を目で追ってしまう。未波が高校に進学してすぐにバイトを始めると言い出したときは大丈夫だろうかと心配したが、杞憂《きゆう》だったようだ。

未波の働きっぷりは見ていてとても好感が持てた。

フライドポテトを食べ終えた頃、「ほかに注文はいいの？」と未波がやってきた。

「お金ないし、あとはドリンクバーで粘るから大丈夫」

「粘るって、もしかしてわたしのバイトが終わるまでここにいるの？　わたし今日十時までだよ」

「え、そうなの？　長くない？」

腕時計を見ると、時刻は午後六時を回ったところ。てっきりそろそろ退勤の時間だと思っていた。

「土日はだいたい通しで入れてもらってるから。ていうか、それも前話したのに忘れちゃったの？」

「……忘れたかも」

近くのボックス席から、「すみません」と客に呼ばれ、未波ははーいと元気な声で注文を取りにいく。休日に未波がそんなに働いていたなんて知らなかった。

思えば俺は、未波のことを深くは知らないし、知ろうともしなかった。知っているのは好きな食べものと好きな曲くらい。二年間付き合っているのに、なぜそんなことしか知らないんだろうと自分でも呆《あき》れてしまう。

スマホを手に取り、未波とのメッセージのやり取りを遡《さかのぼ》って読んでいく。ちゃんと返事は送っているのに、話した内容はほとんど覚えていない。返事を送ったのは本当に俺なのかと再度自分に呆れ果てる。

俺はテーブルの脇に置いてあったお店のアンケート用紙とペンを手に取り、用紙を裏返してそこにメモを取りはじめた。

メッセージのやり取りから、未波が夏休みにしたいと言ったことを書き記していく。花火大会、海、蛍、ダブルデート。それから夏祭りや動物園、星空を見にいくなど、未波は昨年の夏休みになにもできなかった分を取り返すほどの勢いでいくつもの提案をしていた。

それらをすべてこなすとなると、残りの十日ではきっと無理だろう。叶《かな》えてやれそうなものに丸印をつけていく。

「なに書いてるの、こうちゃん。アンケート？」

未波がどこかのテーブルに料理を運んだあとにやってきて、俺の手元を覗《のぞ》き込んでくる。

「べつに、なんでもないよ」

「わたしの悪口書いたらだめだよ」

「書かないって。いいから、仕事戻れよ」

はーい、と未波はご機嫌に去っていく。今度は本当にスキップをしながら。

やがて店内が本格的に混雑しはじめる。俺はドリンクバーだけで一時間粘ったあと、さすがにお店に迷惑だろうと仕方なく帰り支度をする。

未波にひと声かけようか迷って、忙しそうだったのでなにも言わずに退店した。

自転車に乗ってそのまま帰宅しようと思ったが、近くの書店で漫画を立ち読みして時間を潰《つぶ》すことにした。

「帰らないんですか？　もしかして、未波さんを待ってるんですか？　終わるまでまだ三時間ありますよ」

立ち読みしている背後からサチヤが俺に問いかけてくる。

「ちょうど読みたい漫画があったから読んでるだけだよ」

「そんなこと言って、本当は未波さんを待ってるんじゃないんですか？」

「……うるさいな。放っとけよ」

サチヤを突き放して目の前の漫画に集中する。ページを一枚一枚めくっていきながら、俺はなにをしているんだろうと不思議な気持ちになる。

本当なら今頃は晩ご飯を食べて、それから部屋でアニメを観て夜遅くまでゲームをするのが俺の休日の過ごし方だった。

それらを投げ出してまですることなのか、自分でもわからない。ただ、未波が働いている姿を初めて目の当たりにして、なんとなくこのまま帰る気になれなかったのだ。せっかくなら一緒に帰ろうと、未波を待つことにした。今まで未波のことをほったらかしにしてきた分の償いでもあるのだから。

立ち読みに飽きたら書店を出て、近くのショッピングモールでお金を使わずに店内を歩き回って時間を潰した。

サチヤは当然ながら金魚の糞《ふん》のように俺のあとについてくる。ショッピングモールは九時に閉店だったので、未波のバイト先のすぐそばにあった公園へ移動する。

小さな公園内にはブランコがふたつ。それから所々さびついた滑り台に、申し訳程度の鉄棒があるだけで、俺は鉄棒の近くにあったベンチに腰掛ける。

「なあ、未波ってどうやって死ぬんだ？」

誰もいない夜の公園に俺の声だけが響く。外灯には目を背けたくなるほどの虫たちが群がっている。サチヤは同じベンチにひとり分の距離を空けて座った。

「それは教えられません」

「死ぬ日と時間は教えてくれたのに、死因はだめなのか」

 サチヤが俺の前に姿を現したとき、日にちと時間は聞いていた。正確な時間は忘れてしまったけれど、それ以外の情報も欲しかった。

「はい。そういう規則ですから」

「出た、規則」

「規則は規則ですので」

「わかったって」

サチヤに改めて時間を聞き直すと、未波は七月十一日の午後六時五十一分に死ぬことになっているらしい。そこまで教えてくれるなら死因も教えてくれたっていいのに。

死神の規則とやらの基準がいまいちわからない。

未波は昔は体が弱かったが、今は元気そうなので病死ではなさそうだし、自殺をするようなやつでもない。あるとしたら事故か他殺か。鈍くさい未波なら、きっと事故死だろう。

どちらにしても未波が死ぬ瞬間は見たくないので、時間を教えてくれただけでも良心的かもしれない。

小さくため息を零《こぼ》して空を見上げる。今日は朝からよく晴れていて、夜になっても雲はひとつもなく、星々が瞬いている。

しばらく空を眺めていると、「こうちゃん?」と未波の声がした。

「やっぱりこうちゃんだ。こんな時間にそんなところでなにしてるの?」

公園の外から手を振りながら、未波が園内に向かって歩いてくる。いつの間にか時刻は午後十時を回っていたらしい。

「あ、いや、ちょっと落としものを捜してて。でももう見つかって帰るところだったから、一緒に帰るか」

「そうだったんだ。うん、一緒に帰る!」

そう言いつつも未波はベンチに腰掛ける。彼女はちょうど俺とサチヤの間に座り、三人並ぶような形になった。気を利かせたのか、サチヤはすっくと立ち上がって数歩ベンチの後ろに下がった。

「今日嬉《うれ》しかったなぁ。こうちゃんがわたしのバイト先に来てくれて。いつもより張り切っちゃった」

言いながら照れ笑いを浮かべる未波。先ほど書いたばかりの未波が夏休みにしたいことのメモをふと思い出し、俺は夜空を指さした。

「星空、見たいって言ってたよな。今日雲ひとつもないからよく見えるよ」

こんな手近なところで済ませて満足してくれるはずもないが、未波の表情はわかりやすくぱあっと晴れる。夏の大三角やさそり座など、夏の星座たちがあちこちで輝きを放っている。

「ほんとだ。こうちゃん、ちゃんと覚えててくれたんだね。わたしが星空見たいって言ったこと」

「まあ、うん。でもこんな星空じゃなくて、山とか海で見た方がきっと綺麗《きれい》だよな」

「そうかもしれないけどさ、わたしはこうちゃんと一緒ならどこで見ても嬉しいよ」

未波の真っ直ぐな言葉に胸が痛くなる。未波は昔からこういう恥ずかしくなるような台詞《せりふ》をいとも簡単に口にするが、俺はそのたびに聞き流していた。けれど今は、彼女の言葉のひとつひとつが耳に残る。

もうすぐ死ぬとわかっているから、死ぬ人の言葉だからやけに印象的で、重みが増して聞こえるのかもしれなかった。

「そろそろ帰るか。あんまり遅くなると親が心配すると思うから。うちは全然大丈夫だけど」

ベンチから立ち上がり、近くに停めていた自転車のスタンドを蹴《け》り上げ、押しながら公園の外へ歩いていく。しかし未波はまだベンチに座ったまま立ち上がろうとしない。

「未波？　帰らないの？」

「……ごめん。今行く」

未波は控えめに微笑んで腰を上げる。自転車の荷台に未波を乗せて、誰もいない夜道を走る。彼女は俺のお腹に手を回し、ぎゅっと抱きしめるようにしがみついてくる。

「こんな遅い時間にこうちゃんといるなんて初めてじゃない？」

「ああ、そうかもな」

「今日は初めてのことが多くて嬉しいなぁ」

未波は言いながら、より一層強く抱きしめてくる。

苦しいって、と未波とじゃれ合いながらの帰り道は、久しぶりに一緒にいて楽しいと思えた。


次の日も朝早くに起きて、姉の部屋から持ってきた少女漫画を無心で読み進めた。それから恋愛に関する哲学書にも手を出し、人を好きになることについて考えを巡らせる。

姉に聞けばなにかしらの答えが返って来そうなものだが、最低でも一時間は捕まるのでそれだけは避けたい。

次に『恋の名言集』を開き、適当なページの名言を読む。姉のお気に入りの言葉なのか、またしてもマーカーが引いてあった。

『愛されることは幸福ではなく、愛することこそ幸福である』

なるほどねぇ、と鼻を鳴らして次のページを開く。

「今日は未波さんに会いに行かないんですか？」

部屋の片隅に座っていたサチヤが、立ち上がって大きく伸びをして聞いてきた。どうやら死神でも長時間同じ体勢でいると疲れるらしい。

「今日もバイトだってよ。さすがに二日連続バイト先に押しかけたら気持ち悪いだろ。仁志川じゃないんだから」

「そうですか。では今日はなにをするんですか？」

「とくに決めてないから、とりあえず漫画を読む。お前も読むか？　じっとしてるだけじゃ暇だろ」

「いいえ、おかまいなく」

サチヤは再び同じ場所に腰を下ろす。未波の仕事も大変そうだったが、死神もまた大変な仕事だな、と呑気《のんき》に思った。

読み終わった漫画を姉の部屋に戻しに行くと、姉は鏡の前で熱心に化粧をしていた。

「やけに気合い入ってんな。デート？」

「デートだよ。せっかくの日曜なんだから、康介も未波ちゃんと出かけてきなよ」

「未波はバイトだよ」

ふうん、と姉は興味なげにアイラインを引きながら言った。姉は今年の春に半年間交際していた恋人と別れ、一ヶ月も経たないうちに次の恋人ができていた。振られた日の夜は散々泣き散らかして、「もう恋なんてしない」と何年も前の名曲ばりに宣言していたのに、相変わらず現金な姉なのだった。

「今の彼氏とはうまくいってんの？」

鼻歌を歌いながら化粧をしている姉の背中に問いかける。

「もちろん。もしかしたら今の彼氏が最後の彼氏になるかもしれないから、今度康介にも紹介するね」

「ああ、これだめなやつだ。その台詞過去に五回は聞いてるし」

「うっさい！　今回はマジのやつだから！」

漫画を本棚に戻してそそくさと自室に戻る。また姉の部屋から何冊か本を持ってきたが、ふと思い立ってそれらは勉強机の上に置き、引き出しの中から小学校の卒業アルバムを手に取った。

久しぶりに当時の自分のクラスの写真を眺めたあと、未波のクラスのページを開く。個人写真には今と変わらない笑顔を見せる未波の写真があった。

笑顔だけでなく、顔も今とほとんど変わらない。未波は俺と同じで決して友達は多い方ではなかったけれど、仲のいい友達はそれなりにいた。

クラスのスナップ写真には、数人の友人たちと一緒にあどけない顔で笑っている未波の姿が写っている。この頃はまだ未波とはほとんど接点がなかったので、彼女と一緒に写っている写真は一枚もなかった。

『将来はお母さんのような看護師さんになりたいです』

続いて卒業文集の未波のページを開くと、そんな言葉が記されていた。未波が看護師を目指していたなんて知らなかったし、母親が看護師であることも初耳だ。

未波の意外な一面に驚きつつ、次に中学の卒業アルバムを引っ張り出し、まずは黒歴史である自分のクラスの個人写真のページを開く。

誰に憧《あこが》れていたのか、当時の俺は前髪が異様に長くて気持ち悪い。学年全員の家を回って俺の写真だけ黒く塗りつぶしたいくらいだ。

二年前の写真だから当然だけれど、未波は相変わらず昨日撮りましたと言われても信じてしまうほどなにも変わっていない。

中学の卒業アルバムには未波と一緒に写った写真が二枚ほどあった。周囲は俺と未波が交際していることを知っていたため、カメラマンがカメラを構えると寄ってたかって俺と未波のツーショットを撮らせようとしたのだ。

困り果てたように苦笑いを浮かべる俺と、満面の笑みでピースサインをつくる未波が写っている。

懐かしいな、と感傷に浸りながらページをめくっていく。写真を眺めていると当時の記憶が次々と蘇《よみがえ》ってきて、自然と頬が緩んでくる。卒業生たちの将来の夢を一言ずつ載せたページでは、

『お母さんのような看護師になる』

中学生になっても未波の夢は変わっていないらしく、変わっていたのは文面から伝わる本気度だけだった。

アルバムの後半のページには、クラスメイトたちからの寄せ書きがある。そこには未波のメッセージも残されている。

『高校に行ってもよろしくね』

未波らしい控えめなメッセージ。俺も未波のアルバムになにか書き込んだ記憶はあるが、なんて書いたかは覚えていない。

アルバムを閉じてベッドに仰向けに寝転び、真っ白な天井をじっと見つめる。

懐かしさに浸ったあとは、なぜだか正体不明の焦燥感に駆られた。どうして未波だけがこんなに早く死ななきゃいけないのだろう、と。犯罪者だとか、ほかに死んだ方がいいやつなんて世の中にもっといるはずなのに。

ふと思い立ってベッドから起き上がり、スマホを手に取って中学の頃の友人にメッセージを送る。

数分後に返事が来て、何通かやり取りをしたあと服を着替えて部屋を出る。

「お出かけですか？」

サチヤの声が背後から届く。

「中学の友達に会いに行くだけだよ」

「未波さんに会わなくていいんですか？」

「今日はいいんだよ。さっきも言っただろ」

あと九日しかないのに、と俺を責めるように呟《つぶや》いたサチヤを無視して外に出る。昨日は快晴だったのに、今日は空の大半が灰色の雲に覆われていた。

待ち合わせのショッピングモールまで自転車で向かう。中学の友人に会うのは久しぶりで、たぶん卒業式以来。友人と言っても、遊んだことはないので知人と呼んだ方が正しいかもしれない。

会う約束をしたのは女子ふたり。中学三年のときに未波と同じクラスだったやつらだ。ふたりはちょうどお昼を摂《と》ろうとショッピングモールに来ているとのことだったので、短い時間ではあるけれど会う約束を取り付けた。

「青柳くんだ。久しぶり。元気してた？　ポテトでよかったら青柳くんの分も買っといたから、これあげる」

待ち合わせのファストフード店に着くと、ふたりは奥のテーブル席で仲良く横に並んでハンバーガーを食べていた。田中《たなか》と中田《なかた》の仲良しコンビ。下の名前は忘れた。姉妹でもないのに昔から見た目がそっくりで、時々どっちが田中でどっちが中田かわからなくなることがある。

俺は中一のときふたりと同じクラスで、彼女らは未波とも仲が良かったのをアルバムの写真を見て思い出したのだ。

「ありがとう、もらうよ。普通に元気。田中と中田は？」

通っている高校や最近のことなど、まずはお互いに軽く近況を話し、本題に入る。

「それでさ、ちょっと田中と中田に頼みがあるんだけど」

「頼み？　うちらでよければ聞くよ」

田中が身を乗り出して答える。口の悪い方が中田と記憶しているので、たぶんこっちが田中だ。

「えっと……もしよかったら来週未波と会ってやってくれないかな。夏休みに会う約束をしてるのは知ってるけど、未波のやつ、田中と中田と早く会いたいって言ってたから……」

ふたりは示し合わせたかのように、きょとんと目を丸くして俺を見る。未波とのメッセージを遡《さかのぼ》ったときに、夏休みに彼女らと遊ぶ約束をしたと書いてあったのだ。

しかし、あと九日で死ぬことが決まっている未波に夏休みはやってこない。なんとか予定を早めてくれないかと俺はふたりに頭を下げた。

「いや、でも……私たち部活あるしさ。来週の土日は試合もあるし……」

田中が申し訳なさそうに難色を示した。ふたりは中学の頃はテニス部に所属していて、高校でも続けているらしかった。

「うちも来週は無理。再来週《さらいしゅう》ならたぶん空いてると思うけど。てか意味わかんね」

口の悪い中田がポテトを食べながらあっさりと断る。再来週じゃ遅すぎる。せっかくここまで来たのだから、簡単には引き下がれなかった。

「短い時間でもいいからさ、なんとか都合つかないかな」

「私も未波ちゃんに早く会いたいよ。でも久しぶりに会うんだし、会うならお互い時間あるときの方がいいし」

「ほんとそれ。夏休みに会う約束してるんだから来週じゃなくてよくね？　つか、未波と青柳ってまだ付き合ってたんだ。とっくに別れてると思ってたわ」

ちょっと美玲《みれい》ちゃん、と田中が慌てて中田の肩を叩《たた》く。

「いやでも、もしかしたら未波とは夏休みに遊べなくなるかもしれなくて……」

ふたりに事情を説明できないのがもどかしい。仮に説明できたとしても、こんな馬鹿げた話を信じてもらえるはずもなかった。

「なんでよ。未波からそんな話聞いてないんだけど」

「いや、だから……」

必死に思考を巡らせてみても、ふたりを納得させるような言葉が出てこない。おかしなことを口にした俺を不思議そうに見つめる田中と、睨《にら》みつけるような中田の視線に居心地が悪くなる。

「うちらこのあと用事あるから、話が終わりならもう行くけど」

中田がきつい口調で言った。俺はふたりを説得するのは諦《あきら》め、彼女らに問いかける。

「じゃあさ、田中と中田のほかに中学の頃未波と仲良かったやつ知らない？　いたら連絡先教えてほしいんだけど」

ふたりは顔を見合わせ、同時に首を捻《ひね》る。

「あっ」と田中がなにかを思い出したように声を上げた。

「たしか梓《あずさ》ちゃんと仲良かったと思う。未波ちゃんと梓ちゃん、中二のとき同じクラスだったし」

田中がテーブルの上に置いていたスマホを手に取ると、「やめときなって」と中田が手で制した。

「梓にも未波と遊んでやれって言うつもり？　理由もよくわからないし、あんたちょっとおかしいよ」

行くよ、と中田が田中の袖《そで》を引いて席を立つ。田中は俺を気にしつつも、「力になれなくてごめんね」と言い残して店の外へ出ていった。

俺はテーブルに突っ伏して頭を抱える。たしかに中田の言うとおりだ。中学時代の親しくもなかったやつが急に連絡してきたかと思えば、事情を説明もせずにわけのわからない相談を持ちかけてきたのだ。彼女が拒絶するのも無理もなかった。

もうすぐ死んでしまう未波のために、少しでも彼女の後悔を減らしてやろうと思い立ってしたことだった。今まで未波になにもしてやれなかった分、残りの八日間は幸せに過ごしてほしいと。

もしかするとこれは未波のためではなく、自分のためにやっているのかもしれない。未波が死ぬことを知っていながら、見て見ぬふりをするしかないという罪悪感から逃れたいだけなのかもしれない。

ただの免罪符として、未波が死んだあとに訪れる後悔を減らすためにやっているだけなのだと今になって気づいた。

「これからどうするんですか？」

顔を上げるとサチヤがさっきまで田中と中田が座っていた場所に腰を下ろし、俺を憐《あわ》れむような目で見ていた。

「とりあえず梓を訪ねてみる。平岸《ひらぎし》梓。話したことないけど、連絡先知ってる人いないか探すしかない」

スマホを手に取って心当たりがありそうなやつに電話をかけてみる。しかし繫《つな》がらず、それでもさらにもう何人かに当たってみると、平岸の通っている高校と、ちょうど今は部活中でそこの高校にいるということまで突き止めた。

「ありがとう。ちょっと行ってみるわ」

電話を切ってから席を立ち、駅まで向かうことにした。

近くの駅に自転車を停め、改札を抜けてすぐにやってきた電車に乗る。当然サチヤも俺に同行する。

「またさっきみたいに変人扱いされても知りませんよ」

電車が動き出すと、サチヤがぼそりと言った。周りに人がいるので返事はできない。代わりに「変人はお互い様だ」と心の中で毒づいて溜飲《りゅういん》を下げた。

電車に揺られること約三十分。駅舎を出てさらに十五分歩くと平岸が通っている高校が見えてくる。彼女の部活が何時に終わるかまでは知らないし、女子校なので校舎の中に入るのも気が引けて校門の前で待つことにした。

時刻は午後三時を回ったところ。朝に見上げた空は青い部分が少しはあったが、今は全体が灰色の雲に覆われている。今にも雨が降り出しそうな曇天模様の空だった。

「出てきませんね、平岸さん」

一時間経っても平岸は姿を見せず、俺よりも先にしびれを切らした様子のサチヤが口を開く。校門を出ていく生徒は何人かいたが、いずれも俺を訝《いぶか》しむような目で見て去っていき、そろそろこの場を離れたかった。

「まあ、そのうち来るだろ。てか前から気になってたんだけど、死神って皆そんな感じなの？」

「そんな感じとは？」

「なんか冷めてるっていうか、見た目も中学生みたいじゃん」

初めて会ったときからサチヤは死神とは思えない容姿で、正直今でも信じがたかった。

サチヤはどこか遠くを見つめてうんざりしたように言った。

「前も言ったかもしれませんが、人間にもいろんな性格の人がいるように、死神にもいろんな死神がいるんです。見た目も様々です。骸骨《がいこつ》のお面を被《かぶ》っておもちゃの鎌《かま》を持っている者もいます」

「なんだよそいつ。絶対ふざけてるだろ」

「その方が説得力が増すんだそうです」

「そいつじゃなくてよかったわ」

そいつでもサチヤでもなく、もっとまともな死神が憑《つ》いてくれたらよかったのに、と内心思った。

サチヤとそんな会話をしつつ、ほかにも未波と交流のあったやつにメッセージを送ったり電話をかけたり、片っ端から当たっていく。

しばらくして、ようやくひとりに繋がった。

「もしもし？」

「あ、山本《やまもと》？　久しぶり。あのさ、いきなりで悪いんだけど来週の土日とか中一のときの仲良かったやつら集められないかな？　軽く同窓会みたいな感じで」

中学一年のときは俺と未波は同じクラスだったので、そのときのクラスメイトたちを集めようかと考えた。未波は中一のときのクラスが一番好きだったと以前話していたのを覚えていた。全員が集まらなくても、数人程度でもいいからプチ同窓会ができればそれでもよかった。

期待を込めて山本の返答を待っていたが、スマホ越しにため息が聞こえてくる。

「お前どうした？　なんか青柳がいろんな人に連絡して変なこと言ってるって、さっきグループトークに流れてきたんだけど」

「え？　いや、べつに変なことは言ってないって。ただ遊べないか皆に聞いてるだけで……」

「中田たちの予定を無理やりキャンセルさせようとしたらしいな。あのな、皆部活だったりバイトだったりで忙しいんだから、そんな簡単に集まるわけないだろ。まだ高二だからって安心してるのかもしれないけど、受験勉強を必死に頑張ってて遊ぶ暇ないやつだっているんだから、自分の都合ばっか押しつけんなよ」

山本はひと息に捲《まく》し立てる。言い返す隙もなく、彼は続ける。

「しかもなんで中一のメンバーなんだよ。一緒に卒業したクラスならわかるけどさ。とくに仲が良かったわけでもないじゃん。それってさ、皆の予定をキャンセルさせてまで集めなきゃいけないほどの大事なことなのか？」

それを言われると返す言葉が見つからなかった。無理を言っているのは自分でもわかっている。でも俺は、ただ未波を喜ばそうとしているだけなのに、どうしてそこまで責められなきゃいけないのか。悔しさと悲しみが同時に込み上げ、スマホを持つ手に力が入る。

「なに黙ってんだよ。とにかく無理だからな。お前も遊んでばっかいないでもう少ししっかりしろよ」

「うるせーな。俺だって必死なんだよ！」

言われっぱなしで今度は怒りが込み上げてきて、つい声を荒らげて言い返してしまう。山本がさらに反論してきたが、そのとき待ちわびていた平岸梓が姿を現した。

「ごめん。この話はまた今度な」

強引に通話を切り、ようやく出てきた平岸に声をかける。彼女はふたりの女子生徒と一緒だった。

「あの、平岸さんだよね。俺、同じ中学に通ってた青柳だけど、わかる？」

三人は同時に振り返る。ほかのふたりは「え、告白？」とひそひそ話している。

肝心の平岸は、「ああ、三組だった青柳くん」と素っ気なく言った。

「えっと、いきなりで悪いんだけど、来週空いてる日とかない？　平岸さん、未波と仲良かったよね。三人で遊べないかと思って……」

「……ごめん。来週はちょっと忙しくて。部活もあるし」

「いやでも、一日くらい部活休んだりできない？　未波のやつ、平岸さんに会いたいって言っててさ」

このくらいの嘘なら許されるだろうと思った。平岸はたしか中学の頃から吹奏楽部に所属していた。

「一日くらいって簡単に言わないでくれる？　夏休み前に演奏会があって、今皆で必死に練習しててそんな余裕ないから。それに高坂さんとはそこまで仲が良かったわけでもないし、部活を休んでまで会いたいとは思わないから」

中学を卒業してから一回も連絡取ってないし、と彼女は追い打ちをかけるように付け加える。

聞いていた話とちがうじゃないか、と彼女を責めるわけにもいかず、しかしここまで来ておいてなにも得ずに帰るわけにもいかなかった。

「でもさ、ちょっとでも仲がいいなら会ってやってほしい。未波、もう時間がないから……」

「時間がないって、どういう意味？」

平岸は眉《まゆ》をひそめて俺の目をじっと見つめる。俺は隣に立っているサチヤに視線を送る。

「以前話したように、他言は一切許されません。もし話した場合、あなたと未波さんが死ぬことになります」

俺の意図を察したようにサチヤは言い放った。それを聞いた瞬間に喉元《のどもと》まで出かかった言葉を引っ込める。

「詳しいことは話せないんだけど、なんとか時間をつくってくれませんか」

平岸に頭を下げる。事情を話せないのなら、精一杯の誠意を見せるしかなかった。

「来週は忙しいから、ごめんね」

顔を上げると、平岸は背を向けて遠ざかっていく。ほかのふたりはちらちらと後ろを振り返り、俺を睨《にら》みつけるように見ていた。

「だから言ったのに」

サチヤがぼそっと呟《つぶや》く。

「お前は黙ってろよ！」

なにをやってもうまくいかず、ついサチヤにきつく当たってしまう。数メートル先を歩いている平岸たちは振り返り、「こわっ」と小声で吐き捨てて早歩きで去っていく。

今すぐ帰りたくなった。わざわざこんな遠くまでやって来て、無茶を言って嫌われて、得たものはなにもない。俺はなにをやっているんだろう、と涙が込み上げてくる。こんなことになるなら家で少女漫画を読んでいる方がよっぽどマシだった。

肩を落として無言で来た道を戻る。

「……なんか話せよ」

見慣れない町並みと今日の失態で強い孤独と寂寥《せきりょう》を覚え、今はたとえ相手が死神だろうと誰かと話していたかった。

「さっき黙れと言われましたので」

「……悪かったよ」

「はい」

結局会話は続かずに、そのまま電車に乗って最寄り駅で降りる。駅舎を出ると外は雨が降っていた。

「あれ、俺の自転車がない……」

駅の駐輪場に停めていたはずの自転車がなかった。広い駐輪場の隅々まで捜してみても見つからない。

「盗まれたんですか？」

「いやでも、鍵《かぎ》はたしか……あれ」

ポケットの中を漁《あさ》ってみても、自転車の鍵が入っていなかった。急いでいたせいか、鍵をかけるのを忘れて挿しっぱなしにしていたのかもしれない。

「なんていうか、今日は災難な一日でしたね。傘もないようですし……」

バスで帰ろうにも、もう財布にはほとんどお金が残っていない。

絶望だ、とひとり呟いてから仕方なく雨が降りしきる中を歩いて帰ることにした。

「悪いな、お前まで雨の中を歩かせて」

「僕はまったく問題ありませんので、お気になさらず」

よく見るとサチヤの着ている真っ白のコートは一切雨に濡《ぬ》れていない。そりゃそうか、と納得して突っ込むのはやめた。そんな気力も残っていなかった。

「あれ、こうちゃん？」

その柔らかい声に振り返ると、赤い傘を差した未波が数メートル先にいた。ちょうどコンビニから出てきたところらしく、モナカのアイスを片手に持っている。

その瞬間に気が緩み、じわっと涙が滲《にじ》んだ。

「未波？」

「どうしたの、こうちゃん。びしょ濡れだよ？　傘は？」

未波は駆け寄り、すっと俺に傘を差しだしてくれる。

「ちょっといろいろあって。それよりバイト、終わったのか」

「うん。今日は午前中から出てたさっき終わったところだよ。一緒に帰ろ？」

「でも俺、お金なくて」

「わたしが貸してあげる」

「……ありがとう」

ひとつの傘にふたりで入ってバス停まで歩いていく。未波はモナカのアイスを半分に割って俺にくれた。

雨が降っていてよかった。涙を隠してくれるから。

未波に悟られないように、俺はそっぽを向いて涙を流し続けた。


月曜日の朝。未波が死ぬまであと八日。

昨日の疲れが重くのしかかり、いつもより一時間遅く起床した。姉が何度も部屋にやってきて俺を叩《たた》き起こそうとしてきたが、具合が悪いと嘘をつくと諦《あきら》めてくれた。

「今日は学校に行かないんですか？」

すでに起床していたサチヤが眠たそうに目を擦《こす》りながら言った。

「もう少ししたら行く」

サチヤにそう告げて机の上に置いていた一枚の紙を手に取り、ベッドに寝転んでその紙を眺める。

未波が夏休みにしたいことを書き連ねたメモ。その中からできそうなことはないか探っていく。

「ダブルデートか……」

未波から何度も誘われていた仁志川と花丘カップルとのダブルデート。なんとなく照れくさくて誘われるたびにいつも断っていたが、これなら簡単に叶《かな》えられそうな気がした。

ほかになにかできそうなことはないか探していると、枕元のスマホが鳴った。

『こうちゃん、寝坊？』

未波からのメッセージ。今起きたことを知らせるスタンプを送って画面を閉じる。

「よし、行くか」

サチヤにひと声かけて身支度を整える。自転車は盗まれてしまったので、母が使っているダサいママチャリを借りた。

「寝坊したのか、青柳」

一時間目の授業が終わったタイミングを見計らって教室に入り席に着くと、後ろの席の仁志川がへらへら笑いながら俺の肩を叩いた。

「まあな。それよりさ、今日暇だったりする？」

「ん？　彼女と遊ぶ約束してるから暇じゃないけど」

「お、ちょうどよかった」

「なにがだよ」

仁志川にダブルデートをしないかと持ちかけると、「いいねぇ」と彼は乗り気でまた俺の肩を叩く。昨日はあんなに断られ続けたというのに、今日はあっさりと承諾されて拍子抜けする。

「でもさ、青柳いつもダブルデート嫌がってたのにどうした？　どういう心境の変化だよ」

「べつに。たまにはいいかなって思っただけだよ」

そっかそっか、と彼は上機嫌に頷《うなず》いて花丘の席へ走っていった。花丘のそばには未波もいて、ふたりは仲良く談笑している。その間に仁志川が割って入り、ふたりになにやら声をかけると未波が驚いたように俺の方を見る。きっとダブルデートのことを仁志川が話したのだろう。

「未波さん、嬉《うれ》しそうですね」

サチヤが背後から囁《ささや》く。返事をせずに、次の授業の予習をするふりをして教科書を開き、照れをごまかした。


放課後、四人と死神ひとりで学校を出て行き先を考える。先に昼休みに話し合ったときは映画やカラオケなど、それぞれの意見は合わずにいた。未波は五時からバイトがあるとのことで、あと一時間半しかないため映画の選択肢は早々に消えた。

「青柳くんはなにかしたいことある?」

なかなか決まらずに花丘が俺に話を振る。実は授業中に腹案を練っていて、最後まで決まらなければ提案しようと思っていた。

「スイーツビュッフェとかどう? 駅前に新しくできたところ」

未波とのメッセージのやり取りを二ヶ月ほど遡《さかのぼ》ったところにあった一文。今度スイーツビュッフェに行きたいと未波は二ヶ月前に俺に伝えていたが、メッセージを読み返すまですっかり失念していたのだ。

未波の表情は途端に喜色に溢《あふ》れる。

「わたしも行きたい!」

声を弾ませる未波。仁志川と花丘も賛成してくれて行き先が決定した。

急いで店に向かい、空いていた四人掛けのテーブル席を確保して甘い香りが漂う店内を徘徊《はいかい》する。周りには女性客の姿が多かった。

「わたし、全種類制覇する！」

トレーを手にした未波が大見得を切った。少食である彼女にとっては無謀なミッションかもしれない。仁志川と花丘は仲良くふたりでスイーツを選びに行った。

俺は果物とアイスを皿に載せて早々に席に戻る。ケーキなどの甘いものはあまり得意ではなかった。

「お前スイーツビュッフェに行きたいって言った割にほとんど果物じゃん」

丸い皿の上に雑にスイーツを載せて戻ってきた仁志川が言った。花丘の皿は対照的にバランス良く綺麗《きれい》に盛られている。ふたりは仲良く隣に並んで座った。

「俺は果物が食べたかったんだよ」

大量に取ってきたシャインマスカットを口に運びながら嘘をつく。未波のためとは言えなかった。

「ただいまー」

未波が子どものような無邪気な声と表情で戻ってくる。皿の上には様々な種類のケーキやシュークリーム、プリンやゼリーなどが山盛りだった。

「クリーム口の横についてるよ。ほんとかわいいなぁ」

仁志川が甘ったるい声を発し、花丘の口元のクリームをハンカチで拭《ふ》き取る。先ほどかわいいかわいいと、彼は恋人を褒めてばかりで見ているこちらが恥ずかしくなってくる。

花丘も教室ではクールな印象だったけれど、仁志川にべったりでこちらも見ていられなかった。

「ほんとに仲良いんだね、ふたりとも。写真撮ってあげる」

未波はフォークを置いてスマホのレンズを仁志川たちに向ける。レンズを向けられたふたりは、頬を寄せ合ってお互いに片手でハートの形をつくり、それを合わせてひとつのハートを形作った。痛々しい写真の出来上がりだ。

「未波、あとで写真送ってね。未波たちのも撮ってあげる」

花丘はお返しとばかりにスマホを俺たちに向けてくる。未波は俺の方に体を寄せてきたが、俺はそのままの姿勢でスマホのレンズを凝視する。

撮った写真を見せてもらうと、満面の笑みでピースしている未波と、無表情でばっちりカメラ目線の俺の姿が写されていた。背後に立っているはずのサチヤはさすがに写っていなかった。

「やっぱり二年も付き合うとそんな感じになるの？」

未波がスイーツを取りに席を立ったタイミングで花丘が聞いてくる。

「そんな感じって？」

「なんていうか、ふたりの間にすごく距離を感じたから」

「最初からこんな感じだよ、俺ら」

こいつは薄情なやつだから、と仁志川がケーキを頰張りながら補足する。自覚もあるので言い返せなかった。

「もっとつーちゃんみたいに褒めたり愛情表現をしたりして未波を喜ばせた方がいいんじゃない？」

「……考えとく」

「青柳さんの性格上、それは無理なんですよね」

背後からサチヤが口を挟む。たしかに花丘が提案した愛情表現などは、俺が最も苦手としていることのひとつだ。

大きめの咳払《せきばら》いをしてまだなにか言おうとしているサチヤの声を遮る。

その後も仁志川たちのイチャつきを目の前で見せられ、両極端なカップルのダブルデートは一時間で終了した。軽い拷問のようでやっぱりこんな提案なんかしなければよかったと後悔したが、未波は満足そうなので良しとした。

「また明日《あした》ねー」

店の外に出ると、仁志川と花丘は手を繫《つな》いで去っていく。

俺もふたりと一緒に帰ろうとしたが、花丘に「未波をバイト先まで送ってあげな」

と小声で怒られてしまい、未波を送ることになった。

「ほんとに仲良《い》いよね、あのふたり」

仁志川と花丘の背中を見つめながら未波がぽつりと呟《つぶや》く。どこか羨望《せんぼう》の眼差《まなざ》しで。

「ああいうの、やっぱ羨《うらや》ましいって思うの？」

「え？　あ、いや、べつにしてほしいとかじゃないよ？　こうちゃん、べたべたするの嫌いだもんね」

慌てて否定する未波。本当は手を繋いだり腕を組んで歩いたり、未波はそういったスキンシップが昔から好きなのは知っていた。それなのに未波はいつも俺に合わせてばかりで、自分の意見を口にすることはほとんどなかった。

きっと未波には、俺なんかより仁志川のような恋人を甘やかす男の方が合っていると思う。そんな未波がどうして俺のことを好きになったのだろう。

「じゃあ、行こっか」

未波は踵《きびす》を返して俺の先を歩いていく。俺は自転車のスタンドを蹴《け》り上げ、押しながら未波の小さな背中を追う。

自転車がなければ、手を繋いでもよかったのに。

そう思いつつも、きっと繋げなかっただろうなとも思う。未波と最後に手を繋いだのはいつだったか、もう思い出せない。

「今日はありがとね。こうちゃんからダブルデートしたいって言ってくれたんだってね」

未波は俺を振り返り、幸せに満ちた顔で笑う。その笑顔を見るたびに胸が疼《うず》く。

「べつに、ただの気まぐれだから」

「わたしがスイーツビュッフェに行きたいって言ったことも覚えてててくれたんでしょ？」

「いや……まあ、そうだけど」

輝くような未波の明るい表情を前に、否定するのは憚《はばか》られた。

しばらく歩いていると、前方に未波のバイト先であるファミレスが見えてくる。

「送ってくれてありがと。今日は楽しかった」

店の前で足を止めると、未波が朗らかに言った。

「うん」

「じゃあ行ってくるね」

未波は手を振ると、上機嫌に石階段を上がっていく。

「あのさ」

「……ん？　なに？」と未波はスカートを翻して振り返る。

「……あ、いや。なんでもない。バイト頑張れよ」

未波はきょとんとした顔を見せたあと、頰を緩めて頷《うなず》いた。

未波が店に入っていくと、すぐ隣に立っていたサチヤが俺の顔を覗《のぞ》き込んでくる。

「なんか、寂しそうですね」

「は？　そんなことないし」

「そんなことあるって顔してますけど」

「うるさいな。帰るぞ」

サチヤに背を向けて自転車に跨《また》がり、まだまだ暮れそうにない空の下を走り抜けた。

第三章

耳元でけたたましく鳴り響いたスマホのアラーム音を消そうと、目を閉じたまま手探りで停止ボタンをタップする。

薄目を開けると画面上には七月五日と表示されていて、起きて早々に憂鬱《ゆううつ》な気分になった。

なにか楽しい夢を見ていたはずなのに、一瞬にして全部吹き飛んでしまった。

毎朝スマホの画面に表示される日付を目にするたびに、心がすり減っていくような感覚に襲われる。未波の命日である七月十一日が目前まで迫っていて、言いようのない不安がつきまとって朝から気持ちが悪かった。

「おはようございます。いい朝ですね」

窓辺に立っていたサチヤが人の気も知らずに呑気《のんき》なことを口にし、余計に気分を害した。

「前から思ってたけどさ、家の中でコートなんか着て暑くないのか？」

サチヤは初めて俺の前に姿を現したときから、真夏にもかかわらずずっと真っ白のコートを着用しているのだ。フードも被《かぶ》りっぱなしで見ているこちらが暑くなってくる。

「暑いとか寒いとかの感覚はありませんので、ご心配は無用です」

「べつに心配して聞いたわけじゃないけどさ。寒くないならなんでコート着てんだよ」

「ただのファッションです。なにか問題ありますか？」

「いや、べつにないけど」

そのとき、スマホのアラーム音が再び鳴り響いた。五分おきに鳴るように設定しているため、残りのアラームもすべて解除しなくてはならない。

「あれ、なんか届いてる」

メッセージが一件届いていることに今になって気づいた。どうやら昨日の深夜に送られてきたらしい。

画面上に表示されている『鈴井《すずい》結貴《ゆき》』の名前を目にし、数秒遅れて彼女の存在を思い出した。鈴井とはほとんど話したことはないが幼稚園から中学まで一緒で、未波とふたりでいるところを見かけたことがある。

鈴井は中学二年のときに同じクラスだった。彼女はとくに未波とは仲が良く、何度かふたりでいるところを見かけたことがある。というか、鈴井が未波以外の生徒と話している姿は一度も見たことがない。

鈴井はクラスでは目立たない生徒で、学校も休みがち。中学に進学するとスクールカースト上位の女子生徒たちにいじめられて不登校になっていた記憶がある。

数日前に未波と交流のあった生徒たちに連絡を取ったとき、彼女の連絡先を入手してメッセージを送っていたのだ。未波と仲が良かった生徒で、真っ先に浮かんだのが鈴井結貴だった。

既読もつかなかったのでまさか返事が来るとは思わなかった。

未波に会ってほしいと告げたメッセージに対する返信。最後の頼みの綱である鈴井からのメッセージを、恐る恐る開く。

『ごめんなさい。私、たぶん未波ちゃんに嫌われてると思うから、会うのはやめておきます』

予想もしていなかった文面に、なんて返事をすればいいかわからなくなった。あのお人好《よ》しすぎる未波が人を嫌うなんて想像がつかないし、ふたりの間になにかがあったなんて聞いたこともなかった。

「鈴井結貴……」

サチヤがスマホの画面を覗き込んで呟き、コートの内ポケットから手帳を取り出して開いた。

サチヤはさらにペンを取り出して手帳になにやら文字を書き込むと、「なるほど」とひとりで納得しだした。

「なにがなるほどなんだよ」

「いえ、なんでもないです」

サチヤは手帳を閉じて定位置に戻る。彼にかまうのはやめて鈴井への返信を打ち込む。

『嫌われてないと思うから大丈夫！　なんとか時間作れない？』

深い事情は知らないけれど、喧嘩《けんか》をした程度なら未波はきっと許してくれると思った。そもそも未波が怒ったところを俺は一度も見たことがない。俺が無関心だからかもしれないが、二年間交際を続けていても未波とは喧嘩をしたこともなかった。

ひととおり学校へ行く準備を済ませたあとにスマホを確認してみると、既読はついていたが返信はなかった。

またか、と肩にかけた鞄《かばん》を下ろしてベッドに腰掛ける。彼女が最後の希望だったのに、どうしてこうもうまくいかないのか。どいつもこいつも昔の友達に会うだけなのに、なぜ首を縦に振ってくれないのか。もう全部どうでもよくなった。

「鈴井さん、会ってくれないんですか？」

「知らねーよ。もういいよ、そんなやつ。未波に嫌われてるらしいし」

「嫌ってないと思いますよ、未波さん。たぶんですけど」

「なんでだよ」

サチヤは小さくため息をついてから再びコートの内ポケットにある手帳を取り出し、おもむろにそれを開いた。

「鈴井さんが中学の頃、いじめられていたことはご存じですか？」

「……ああ。なんとなくなら」

同じクラスではなかったので鈴井がどの程度のいじめを受けていたか判然としないが、不登校になるほどのものなのだから想像に難くない。

きっと女子特有のねちっこくて陰湿ないじめだろう。

「いじめられていた鈴井さんを庇《かば》ったのが未波さんでした。それ以降、今度は未波さんがいじめられるようになったんです。青柳さんは気づいていなかったかもしれませんが……」

「……それって、いつ？」

「中学二年生の秋頃です。三年に進級して、クラスが替わるまでいじめは続いていました」

中学二年の秋頃、と聞いてもいまいちぴんとこなかった。その頃は未波とは時々学校や外で顔を合わせていたが、そんな素振りは一度も見せたことがないし、なにかに悩んでいるようにも見えなかった。

「未波のやつ、本当にいじめられてたの？」

「はい。手帳にはそう記されています」

「ふうん。つまり未波が庇ったせいで標的が変わって、それで鈴井は未波に恨まれてると思ってるってわけか」

「おそらくは」

手帳にどう記されているのかは知らないが、死神がそう言うのなら事実なのだろう。サチヤが嘘をつく理由を探す方がよっぽど難しそうだ。

「本当に未波は鈴井を恨んでないんだな？」

床に下ろした鞄を肩にかけ、サチヤに念を押す。

「おそらくは」

「はっきりしないな。まあいいや。そういうことにしとくか」

サチヤの返事を待たずに部屋を出る。鈴井の自宅へは自転車で向かえば十分もかからない。今の時間であれば、まだ家にいるはずだと信じて彼女の自宅へ行ってみることにした。

家を出てから十分。ここだったよな、とひとりごちて古びた一軒家の前で自転車を停める。表札には『鈴井』とある。

ちょうど二階のベランダで洗濯物を干している鈴井の母親らしき女性と目が合い、とりあえず会釈しておいた。

「もしかして、結貴のお友達？」

鈴井の母親らしき人がベランダの手すりから身を乗り出して聞いてくる。

「あー、えっと、そうです」

「ちょっと待っててね。もうすぐ家出ると思うから」

どうも、と会釈すると彼女は部屋の奥へと引っ込んでいった。

数分待っていると玄関のドアが数センチ開き、中からひょこっと小さな顔が出てきた。

鈴井でまちがいなかった。全体的に髪は短めだが前髪は長く、目が隠れてしまっている。顔色も悪く、中学の頃から容姿はなにも変わっていない。

彼女は俺を見つめたまま数秒固まったあと、顔を引っ込めてドアを閉じた。ドアの向こう側からなにやら話し声が聞こえてきて、さらに数分待ったところで再びドアが開く。

彼女はぎこちない動作でドアを閉め、顔を伏せて俺の目の前を小走りで通り抜ける。

「あ、ちょっと！」

慌てて自転車に跨《また》がり、彼女のあとを追いかける。途中から全力で走り出した彼女と並走して、声をかけた。

「未波のことなんだけどさ、鈴井のこと嫌ってないと思うから、会ってやってくれない？」

彼女はなにも答えず、俺を振り切ろうと走り続ける。彼女は必死だが、こっちは自転車に乗っているので軽々と追いつける。

「中学の頃ふたり仲良かったじゃん。未波のやつ、昔の友達に会いたいって話しててさ。たぶん一番仲良かったのが鈴井だと思うんだよね」

そこまで話したところでようやく彼女は足を止め、膝《ひざ》に両手をついて肩で呼吸する。

鈴井は俺と未波とはちがう高校に通っているため、見たこともない制服を着用している。おそらく近隣の高校ではないだろう。

「庇ってくれた未波がいじめられるようになって、それで怒ってると思ってるんでしょ？　未波、全然怒ってないから大丈夫だって」

鈴井は俯《うつむ》いていた顔を上げ、「それ、本当ですか？」と聞いてきた。

「本当だよ」

「み、未波ちゃんが言ってたんですか？」

「あー、うん。言ってたよ」

死神が言っていたとは口が裂けても言えず、無難にそう答えるしかなかった。

鈴井は思案顔のままハンカチで額の汗を拭《ぬぐ》ったあと、襟を直して歩いていく。俺は自転車を降りて彼女と並んで歩く。

「少しでもいいから未波と会ってくれない？」

鈴井はなにも答えず、肩にかけた鞄を持ち直して駅の方へと進んでいく。

今回もだめか、と弱気になりながら彼女の返答を待った。道の先に駅舎が見えてきても、彼女は無言だった。

そもそも未波が鈴井に会いたいと思っているかどうかも怪しかった。俺が勝手にしているだけで、頼まれたわけでもない。ただ、未波が死んでしまう前に、懇意にしていた友人に会わせてやりたいだけなのだ。余計なお世話かもしれないけれど、俺だったら死ぬ前に仲の良かった人に会っておきたいと思うから。

そのとき、駅舎へと続く石階段の前で鈴井は立ち止まった。慌ててブレーキを握りしめる。

「……やめた」

鈴井はぼそりと呟《つぶや》いたが、声が小さくてうまく聞き取れない。彼女の頬を伝った汗が顎《あご》の先へと流れ、地面に滴り落ちた。

「なんだって？」

「今日はもう学校行くの、やめました」

「じゃあ、未波に会うのは？」

「こ、コーヒー奢《おご》ってくれたら考えます」

彼女はそう言って道路を挟んだ向こう側にあるカフェを指さした。まだ八時前だが店はすでに営業中らしい。

「わかった。一杯だけな」

鈴井はこくりと頷《うなず》いて点滅しだした青信号を走って渡っていく。俺も自転車を押して急いで横断歩道を渡る。

入店すると鈴井は一番奥のボックス席に腰掛ける。この時間に制服を着たままでは目立つのでちょうどいい席だ。

お互い向き合って座ると、サチヤは当たり前のように俺の隣に腰を下ろす。もはや慣れてしまって違和感さえなかった。

「あ、アイスコーヒーを」

鈴井はつっかえながらアイスコーヒーを注文する。声が小さくて三回目でようやく店員が聞き取ってくれて、何とか注文を終えた。彼女は昔から声に張りがなく、滑舌も怪しかった。

「ジンジャエールで」

中年の女性店員は朝から来店したふたりの高校生を訝《いぶか》しげな目でじっと見て、かしこまりましたと無愛想に返事を吐いて下がっていく。時刻は午前八時を回ったところ。やはりこの時間に制服で来店するのはまずかったかもしれない。

「本当に学校行かなくてよかったの？」

注文した飲みものが届いてから彼女に問いかける。

「大丈夫です。私、学校あんまり行ってないから。今日も外に出たの、一週間ぶりなんで」

彼女は俺の目を一切見ずに俯きがちに答える。よく見ると彼女の左手の手首には包帯が巻かれていた。

気まずい沈黙が流れる。学校に行っていない理由や手首の包帯など気になったが、どれも地雷のような気がして聞き出せなかった。

「鈴井さんは高校でもいじめに遭っているようです。手首の包帯は……言わなくてもわかりますよね」

サチヤが俺の心情を察して補足してくる。きっと包帯の下には切り傷があるのだろう。聞かずともだいたいの予想はついていた。

「そ、それで、未波ちゃんは本当に怒ってないんですか？」

鈴井はどこか怯《おび》えながら聞いてくる。

「怒ってないよ。ちょっとでもいいから会ってやってほしいんだけど……」

「ま、前向きに考えてみます」

「時間がないから、なるべく早く決めてくれると助かる」

そう言うと彼女は俺の目を一瞬だけ見て、目が合うとすぐに視線を逸《そ》らした。異性と向き合って話をすることに慣れていないのかもしれない。思えば彼女が男子生徒と話しているところを一度も見たことがなかった。

会話が続かず、お互いに注文した飲みものをちびちび飲むだけの時間が続く。これを飲み干してしまったらいよいよ気まずいな、と思いながらストローでジンジャエールを喉《のど》に流し込む。

「挙動不審な方ですね」

サチヤが沈黙を破るが、返事をするわけにもいかず咳払《せきばら》いをして同意を示した。

「み、未波ちゃんは、私の一番の親友でした」

鈴井が唐突に切り出した。沈黙に耐えきれなかったのか、それとも未波に対する思いを吐き出したかったのか。返事をせずにいると彼女は続けた。

「中学二年のときに未波ちゃんと同じクラスになって、ひとりぼっちだった私に声をかけてくれて、初めて友達ができたんです」

彼女はなぜか涙ぐみながら話した。未波に話しかけられたことが余程嬉《うれ》しかったのだろうか。それともそんな未波を裏切ったことによる罪悪感から込み上げた涙なのか。

「未波との思い出とか、よかったらいろいろ聞かせてくれない？」

彼女に話をさせておけば気まずくはならないだろうと話を振った。それにその頃の未波はどう過ごしていたのか知りたかった。

鈴井はこくりと頷くと、アイスコーヒーに口をつけてからゆっくりと話してくれた。

ふたりが仲良くなったのは、中学二年のゴールデンウィークが明けた頃。鈴井は進級してから一ヶ月間誰とも口を利いていなかったそうだが、そんな彼女に声をかけたのが未波だった。

俺も含めて未波と鈴井は同じ小学校出身だが、ふたりは中学二年になるまで同じクラスになったことがなく、小学生の頃は話したこともなかったらしい。

未波はクラスで孤立している鈴井を目にして、放っておけなかったのかもしれない。実際に行動に移せるかは別として、そういった正義感の強い生徒はどこのクラスにもひとりはいるものだ。

「未波ちゃんたちの仲良しグループに入れてもらったんですけど、私、全然馴染《なじ》めなくて。それで未波ちゃんに迷惑をかけちゃったこともありました……」

当時未波は四人の仲良しグループに所属していたらしく、その中に鈴井を招き入れるとグループの関係は悪化。リーダー格の女子はノリが合わない鈴井を拒絶し、気を遣って鈴井はグループを抜けたそうだ。

そのとき未波は鈴井の側につき、ふたりで行動するようになった。そのせいで未波は仲の良かったほかの三人とは疎遠になってしまったという。

俺なら絶対にそんなことはしないな、と彼女の話を聞いて思った。わざわざ少数派に流れるなんて、下手な生き方だ。

未波は昔からそういうやつだった。自分が損をすることになっても、人が喜んでくれれば満足するような、率先してハズレを引くようなやつだった。

鈴井は中学二年の夏頃には、クラスの複数の女子生徒からいじめを受けるようになった。彼女本人もなにが原因だったのか今でもわからないらしい。

ただ気に食わなかっただけなのか、未波をグループから奪ったせいなのか。おそらくそんなところだろう。

クラスの女子のほとんどが鈴井を無視する流れになったものの、未波だけが変わらずに彼女と接し、さらにはいじめはよくないと主犯の女子生徒に盾突いたのだと鈴井は話した。

まさに虎の尾を踏むような行為。未波のしていることは正しいとはいえ、学校という社会の中で生き抜くには不用意な行動とも言える。

案の定、今度は未波が標的になった。

「み、未波ちゃんがいじめられるようになったのは、その日からでした。教科書や上靴を隠されたり、皆から無視されたりで。未波ちゃんは私を庇《かば》ってくれたのに、わ、私は未波ちゃんになにもしてあげられなかったんです」

鈴井はそこまで話したところでついに涙を流した。彼女はとっさにおしぼりを目元に押し当てる。訥弁《とつべん》ながら、彼女の後悔がひしひしと伝わってきて話を聞いているこちらまで辛《つら》くなってきた。

再び自分が標的になることを恐れ、それ以降彼女は未波と関わるのをやめたという。そのときのことを今でもずっと後悔しているのだと鈴井は涙ながらに嘆いた。きっと彼女も相当苦しめられていたのだから無理もない。部外者の俺が彼女を責めることはできなかった。

「未波ちゃん、あのとき家のことで大変だったのに、私のせいでもっと辛い思いをさせちゃったんです」

「……家のことって、なに？」

鈴井が意味深に放った言葉に、思わず聞き返してしまう。彼女はおしぼりで目元の涙を拭《ぬぐ》ってから答えてくれた。

「中二の春頃に、未波ちゃんのお母さんが病気で亡くなったんです。未波ちゃんのとこ母子家庭だったから、親戚《しんせき》の家に住むことになって」

「その話、本当か？」

「知らなかったんですか？　未波ちゃん、そこの家に居場所がなかったみたいで、家に帰りたくないって悩んでたんです」

初めて聞く話に、一瞬ぐらりと目眩《めまい》がした。思えば未波は自分の家族の話は一度もしたことがなかった。彼女が母子家庭だったことも今初めて知った。

未波はわざわざそんな暗い話はしたくなかったのかもしれない。俺が聞かなかったから話さなかっただけで、隠していたわけでもないのだろう。

未波が平日も休日もバイトを詰め込んでいるのは、もしかすると家にいたくなくてそうしているのかもしれない。

「中三になってからは未波ちゃんとは別のクラスになったので、それからは一度も話してなくて……。未波ちゃん、今は元気ならよかったです」

「ああ、うん、まあ……」

頭が混乱していてうまく言葉を返せない。目の前の鈴井の話よりも、頭の中は未波との過去の記憶を辿《たど》っていた。

俺が未波の話を聞き流していた可能性もあるが、いくら俺でもそんな大事な話を覚えていないはずがなかった。

これまで見てきた未波の笑顔は、偽物だったのかと思えてくる。彼女は俺の前では心配をかけまいと、無理に明るく振る舞っていたのだろうか。

気づけばカフェに入ってから一時間が過ぎていた。ここへ来たときは会話が続かなくて気まずかったが、今は沈黙の方がありがたいくらい彼女の話を聞いていたくなかった。

　これ以上俺の知らない未波の辛い過去の話が出てきたら、耐えられそうになかった。未波はあと一週間も生きられないのだから、せめて前向きな気持ちになれる話が聞きたい。

「そろそろ出るか。未波と会う約束は……また連絡する」

　店員の目も気になったので代金を支払って店を出る。鈴井は家に帰ると言うので店の前で別れた。

「ごちそうさまでした」

　鈴井は深く頭を下げてから小走りで横断歩道を渡っていく。俺も彼女の背中を見送ってから自転車を押して来た道を戻る。

「学校、行かないんですか」

　背後からサチヤの声。

「学校って気分じゃない。ていうかお前、知ってたんだろ、未波のこと。なんで教えてくれなかったんだよ」

「聞かれなかったので。そもそもご存じなのかと思っていました、未波さんの家庭のこと」

　全部初耳だったよ、と力なく吐き捨てる。恋人なのに、どうして俺は未波のことをなんにも知らないんだよ、と自分に呆《あき》れてなにもかも嫌になった。

「未波さんの母親は結婚せず、父親の反対を押し切ってひとりで未波さんを産みました。その父親は、定職にも就かずに今は遠方の町でアルバイトを転々としています」

サチヤは頼んでもいないのに耳に入れたくない話をしてくる。俺が黙って歩いていると、彼はさらに続ける。

「未波さんは母親の兄夫婦に引き取られることになりましたが、そこでは厄介者として扱われています。元々兄妹《きょうだい》の仲は良くなかったそうですから、疎まれるのも仕方ないのかもしれませんね」

兄夫婦には大学生の息子と中学生の娘がいるのだとサチヤは補足した。その家に未波の居場所はどこにもなかった。

未波の母親は兄に娘を託す際、死んだったら子どもなんて産まなきゃよかっただろ、と罵《ののし》られたのだという。

それ以上は聞きたくなくて、「もういいから」と言葉を続けようとしたサチヤを遮って逃げるように自転車を走らせた。

サチヤが未波の家族の前ではなく、俺の前に現れた理由がようやくわかった。

未波を大切に思っていたのは、もうすぐ別れを切り出そうとしていた俺くらいしかいなかったのだ。俺のほかに未波を大切に思っている人はおそらくこの世には存在しない。俺は未波をそれほど大切だと思っていなかったのに、ほかに適任者がいなかっただけなのだ。

未波があまりにも気の毒で、自転車を漕《こ》ぎながら涙が込み上げてくる。ショッキングな話を散々聞かされて、もうなにも考えたくなかった。

帰宅して自室に入ると、すでにサチヤが先回りして定位置の部屋の隅に座っていた。今さら驚きはしなかった。

言葉も交わさずにベッドに横になり、ポケットからスマホを取り出すと、未波からのメッセージが一件届いていた。

『こうちゃん休み？　無断欠席はよくないよ！　もしかして風邪かな？　最近夏風邪が流行《はや》ってるみたいだから、気をつけてね！』

猫の絵文字を語尾に添えて、未波は俺のことを心配してくれていた。

大丈夫、とひと言だけ返信して、布団を頭から被《かぶ》った。


その日の夜。親にコンビニへ行ってくると告げて家を出た。時刻は九時二十分を回ったところ。

最寄りのコンビニで花火セットを買ってから未波のバイト先まで自転車で向かった。

未波の夏休みにやりたいことリストの中に、花火大会があったのだ。そのイベントが行われるのは一ヶ月先なので、ふたりだけの小さな花火大会で我慢してもらうことにした。

今日は鈴井に会ってからはずっと部屋に引きこもってゲームをしていた。一日中ゲームをしていても今朝鈴井に聞いた話が頭から離れず、夜になっていても立ってもいられずに家を飛び出してきた。

未波にはなにも告げていないので、びっくりさせてしまうかもしれない。それでもきっと喜んでくれるはずだと信じて真っ暗な夜道を自転車で走り抜ける。

未波のバイト先の近くの小さな公園に自転車を停める。帰り道でもあるため、ここで待っていれば未波はやって来る。

水飲み場で家から持参したバケツに水を入れ、いつでも花火ができるように準備だけしておいた。

しかし、いくら待っても未波はやってこなかった。

「未波さん、来ませんね」

公園のベンチに腰掛けてじっと待っていると、少し離れたところに立っていたサチヤが暗闇の中から声を発した。時刻は十時半を回っている。

「ちょっと電話してみる」

スマホを耳に当てて未波に電話をかける。コール音は鳴ったものの、数十秒待っても一向に出る気配がなく、留守を知らせるアナウンスが流れた。

「もしかして残業でもしてるのかな」

「それはないと思います。十八歳未満の方は夜十時以降は働けないことになってますから」

「死神のくせに詳しいな」

「その程度の一般常識は心得ていますので」

どこか自慢げにサチヤは言った。仕方なくバケツの水を捨て、自転車のかごにバケツを入れて公園を出る。

「帰るんですか？」

「未波のバイト先に行ってみる」

サチヤをその場に残してペダルを漕いでいく。ファミレスはすぐそこにあったため、ものの数分で到着した。

店の外から店内を窺《うかが》い、未波の姿を捜したが見当たらない。少し躊躇《ためら》ってから入店し、店員に声をかけてみる。

「あの……高坂未波っていますか？」

大学生くらいの背の高い男性店員はきょとんとしたあと、「ああ、高坂さんね」と頷《うなず》いた。

「高坂さんなら、体調不良で七時頃に早退したよ」

「あ……そうですか。わかりました。ありがとうございます」

丁寧にお礼を述べてから店を出る。自転車を押して来た道を戻り、どうしたものか迷っているとスマホが鳴った。

『ごめん、こうちゃん。具合悪くて寝てた。電話来てたけど、なにかあった？』

届いたのは未波からのメッセージ。

『なんでもないよ。お大事に』と返信してスマホをポケットにしまう。

あと一週間もないのに、今日は未波に会えなかった。学校をサボらずに、未波に会いに行けばよかったと後悔しても、今さら遅かった。


翌朝、学校に行くと未波の姿はなかった。担任の話によると未波は今流行っている夏風邪に罹《かか》り、欠席とのことだった。

俺はその日、授業が終わると真っ先に教室を出て未波の自宅へ見舞いに行くことにした。

「ねえ康介くん。一緒に帰らない？」

昇降口で靴を履き替えていると、東城に呼び止められた。彼女は腕を組み、靴箱に寄りかかって俺をじっと見つめる。

「ごめん。ちょっとこれから用事があって」

「なんの用事？」

「……未波が風邪引いたみたいでさ、プリントを届けに行こうと思って」

そんなプリントなどなかったが、ふうん、と東城は不満そうに頷いた。

「わかった。じゃあさ、明日《あした》の七夕祭り……高坂さんが風邪引いてるなら私と一緒に行かない？」

「七夕祭り……」

東城に言われて明日が七夕の日だったことに今になって気づいた。そういえば未波のやりたいことリストにも七夕祭りに行きたいと書いてあった。

「ごめん。それもちょっとわからないから、わかったら連絡する」

そう言い残して逃げるようにその場を離れる。きっと東城はさらに不服そうな顔をしているだろうと思って、後ろは振り向けなかった。

「東城さん、積極的ですね」

駐輪場で自転車の鍵《かぎ》を解錠しているとサチヤが言った。

「ただの遊びの誘いだろ。積極的とかないから」

東城の好意に気づいていながらも、無理やりそう思い込むことにして未波の自宅へ向かう。

思い返してみると、未波は中学二年の春頃に引っ越しをしていたのだ。それまではアパート暮らしだった未波が、二駅ほど離れた場所にある一軒家に移った。家は離れたけれど転校は選択せず、彼女は自転車通学の許可を得て登校していた。

当時は気にも留めていなかったが、今思えばそのときに伯父《おじ》夫婦のもとへ引き取られたのだろう。

未波を何度か自宅まで送ったことがあるので、場所は知っていた。けれど、家の中に入ったことは一度もなかった。

コンビニで飲みものやヨーグルトなどを購入し、それから未波の自宅へ急いだ。サチヤは先回りをして、玄関先で俺を待っていた。

「じゃあ、行きましょうか」

「お前が言うなよ。って、先に行くなって！」

サチヤは玄関のドアをすり抜け、未波の自宅の中へと入っていく。学校を出る前に未波には見舞いに行くと伝えているので、とりあえずインターホンを押した。

「鍵開いてるので、どうぞ」

女性の声だ。未波の声ではなかった。ドアを開けると四十代くらいの髪の長い女性が迎えてくれた。

「こんにちは。青柳といいます。未波さんとは同じクラスで……」

「ええ、聞いてます。二階の一番奥の部屋が未波ちゃんの部屋だから、上がってってって」

「あ、はい。ありがとうございます」

未波の伯父の奥さんだろう。感じのいい人でひとまず安心した。

サチヤと一緒に階段を上がり、言われたとおり一番奥の部屋のドアをノックすると、

「はーい」とドアの向こうから未波の声がした。

「あ、こうちゃん。本当に来てくれたんだ。適当なところに座って」

ベッドで横になっていた未波は体を起こし、髪の毛を手で整えながら言った。彼女は水色のパジャマを着ている。顔色は思っていたよりも悪くはない。

未波に与えられた部屋は四畳半程度のこぢんまりとした部屋。ベッドと勉強机と小さな木製のテーブルが置いてあるため、実際はもっと狭く感じる。

未波は起き上がって俺の隣に腰を下ろした。

「横になってろよ。風邪引いてるんだろ」

「もう熱下がったから大丈夫。明日からまた学校行けると思うし」

「そっか。これ、買ってきたから」

コンビニで買ってきたスポーツドリンクやヨーグルトをテーブルに並べると、ありがとうこうちゃん、と未波は破顔した。

「いただきます」

未波はさっそく俺が買ってきたヨーグルトを食べ始める。お腹が空《す》いていたのかあっという間にぺろりと平らげ、二個目にも手を伸ばした。

「……昨日さ、鈴井に会ったんだけど、覚えてる？」

「結貴ちゃん？　結貴ちゃんに会ったの？」

「偶然会ってちょっと話したんだ。鈴井のやつ、未波に会いたいってさ」

「え、ほんと？　わたしも結貴ちゃんに会いたい」

サチヤの言っていたとおり、未波は鈴井を恨んでいないようだった。未波は上機嫌に体を揺らして二個目のヨーグルトをぱくぱく食べる。

「結貴ちゃん、元気だった？」

「ああ、元気だった。ていうか、知らなかったよ。中二の頃未波のお母さんが亡くなって、今は親戚《しんせき》と暮らしてたなんて……」

未波は一瞬強張《こわば》った表情を見せたが、すぐに和らげた。

「そうだよ。そういえばこうちゃんには言ってなかったね。ごめん」

「……そんな大事なこと、なんで黙ってたんだよ」

「わざわざ話すことでもないかなって思って」

「でも……うまくいってないんだろ、家の人と」

最後のひと口を食べたあと、未波はまた表情を強張らせて押し黙る。どうやら鈴井の言っていたことは事実だったようだ。

「いい人そうだったけどな、さっきのおばさん」

「あの人、外面だけはいいから」

珍しく冷たい口調。その言葉だけで家庭環境の劣悪さが窺《うかが》える。

「わたしのことが見えてないんだよ、あの人。もう何年もまともに口利いてないし。従兄妹《いとこ》ともほとんど話してない」

未波は淡々と語る。名前ではなく、あの人と呼んでいることがふたりの関係性を物語っていた。

「高校卒業したら家を出てくって話してるから、それまでの辛抱だよ」

言葉を返せずにいた俺を気遣ってか、未波は笑みを見せて言った。その笑顔は引きつっていて、無理をしているのが明白だった。

数日後に未波が死んだら、彼女と一緒に住んでいる家族はどう思うだろう。悲しむこともなく、むしろ厄介者がいなくなってせいせいするといった具合だろうか。もしかしたらまともに葬儀もあげてくれないかもしれない。

どうして未波の人生にこうまで不幸が降りかかるのか、彼女の運命を呪いたくなった。

「こうちゃんのところは家族仲良くていいよね。お姉さん、美人だし。わたしもあんなお姉ちゃんが欲しかったなぁ」

気まずい空気を払拭《ふっしょく》しようとしているのがひしひしと伝わってくる。そうしなきゃいけないのは、気まずくなるような話題を振った俺の方なのに。

「うちの姉ちゃんはおすすめしないよ。ただの恋愛バカだから」

「いいじゃん、そういうの。姉妹で恋バナとか憧《あこが》れるなぁ」

先ほどの話はなかったかのように、それ以降は未波の家族の話は避けて前向きになれるような会話をした。未波は俺の姉とも仲が良く、うちに遊びに来たときにはよく言葉を交わしている。

そのまま一時間程度話したところで、そろそろ辞去することにした。

「ねえこうちゃん。明日バイト休みだから、七夕祭り一緒に行かない？」

帰り支度をしていると、未波がふと思い出したように言った。未波とのメッセージを読み返したときに、彼女は何日も前から七夕祭りを楽しみにしていたのはわかっていた。その日のためにバイトも休みを取ったらしい。

「いいけど、風邪は大丈夫なの？」

「大丈夫。こうちゃんが来てくれたおかげで治ったから」

「そっか。わかった」

やった、と未波は小さくガッツポーズをする。あと数日しかないのだから、多少の無理は問題ないだろうと思った。

七夕祭りは、俺と未波にとっての思い出のイベントでもある。二年前の七夕祭りで未波が俺に告白してくれたのだ。それで毎年ふたりで行こうねと、未波はいつも話していた。

死神が現れなかったら、もしかしたら今年は祭りに行かなかったかもしれない。俺は七夕が来る前に未波に別れを告げていたかもしれない。

そうなれば未波は、恋人に振られ、絶望の中で死んでいたことになっていたのだ。なんの気まぐれかサチヤが未波の死を俺に教えてくれなかったら、俺は未波に残酷なことをしていた。

そう思うと、胸の奥がずんと重くなった気がした。

「今日はありがとね、こうちゃん。急に来てくれるなんてびっくりしたけど、嬉《うれ》しかった」

未波は玄関先まで見送りに来てくれて、照れたように笑った。

「うん。とりあえず元気そうでよかったわ。じゃあ、また」

ドアの取っ手に手をかけると、「あ、こうちゃん」と未波が俺を呼び止めた。

「あのね、こうちゃん。さっきの話だけど、ずっと黙っててごめんね。こうちゃんに心配かけたくなかったから黙ってたんだ。でもわたし、全然大丈夫だから、気にしないで」

必死に弁明するように未波は言った。未波は昔からこういうやつだった。なにか不安事があったり、体調が悪かったりしても俺に心配をかけないように無理をして弱音は吐かなかった。

恋人なんだからもっと頼ってくれてもいいのに、未波は俺に嫌われることを恐れてそうしている節があった。

「未波がそう言うなら、わかったよ。ほかになにか隠してることとかない？　心配事とか、不安に思ってることとかでもいいけど、あったら隠さないでちゃんと話せよ」

普段自分のことを話そうとしない未波を気遣い、そう問いかけた。すると未波の目がわかりやすく泳ぎだした。

彼女は一瞬の動揺を見せたあと、にこりと笑って首を横に振る。

「ううん、な、なんもないよ。心配してくれてありがとね」

奥歯にものが挟まったかのような返答に、思わず嘆息する。きっとなにかあるんだとは思いつつも、未波は話す気がなさそうなので気づかないふりをして玄関の外に出る。

自転車を押しながら、それまで無言だったサチヤに「ありがとな」とぼそりと告げた。

「なにがですか？」

「いや、サチヤが現れてなかったら、未波のことなんにも知らないままだったから」

未波が死ぬと告げられていなかったら、俺は未波のことをなにも知らずに彼女と別れ、そのまま未波はひとりぼっちで死んでいたことになる。

最後の最後まで未波のそばにいる時間を、サチヤは俺に与えてくれたのだ。

「きっとあれだろ？　未波があまりにもかわいそうだから、それで俺の前に現れたんだろ？」

「……さあ、どうでしょうね」

サチヤはそう答えるだけで、ひとりで先に歩いていった。


七月七日。未波が死んでしまうまで、残り五日しかない。

一年に一度しか会えない彦星《ひこぼし》と織姫《おりひめ》にとっては絶好の空模様で、頭上には雲ひとつない青空が広がっていた。

そんな幸先《さいさき》のいい日なのに未波は今日も欠席した。昨日は風邪が治ったと言っていたのに、悪化したのだろうか。メッセージを送ってみたが眠っているのか昼休みになっても返信はない。

弁当を食べ終えてトイレに行こうと廊下へ出ると、目の前に東城が腕を組んで立っていた。

「今日の七夕祭り、一緒に行けるよね」

彼女は上目遣いで蠱惑《こわく》的な笑みを見せる。ふわりと甘い香りの香水が鼻腔《びこう》をくすぐった。

「ごめん。今日は未波と行く約束してて……」

「高坂さん、今日も風邪で休んでるって聞いたけど」

誰に聞いたのだろう。彼女の射貫《いぬ》くような視線が痛い。

「そうだった。でも実は仁志川たちにも誘われててさ、仁志川と花丘も一緒だけどいい？」

とっさに嘘をついて彼女が引いてくれるのを願った。七夕は俺と未波にとって特別な日だ。そんな日に東城とふたりで祭りに出かけるなんて、いくら恋愛に疎い俺でもよくないことであると知っている。

「……わかった。それでもいいよ」

東城は不満げではあったけれど急な提案を受け入れてくれて、驚きつつもホッと胸を撫《な》で下ろす。彼女はまだなにか言いたげではあったが、そのまま踵《きびす》を返して自分の教室に戻っていった。甘い香水の香りだけをその場に残して。

教室でいちゃついていた仁志川と花丘に事情を話すと、ふたりは快く引き受けてくれた。本当はふたりで七夕祭りを楽しみたかったはずなのに、巻き込んでしまって申し訳ない気持ちになった。

自分の席に座ってから再度未波にメッセージを送ろうとスマホを手に取ると、未波からの返事が届いていた。

『ごめん、こうちゃん。また熱が出てきちゃって寝込んでた。悪いんだけど、今日のお祭りはほかの人と楽しんできて！』

らしくないメッセージだった。未波はこういうとき、無理をしてでも祭りに来るようなやつなのに。ましてや今日は思い出の七夕祭りで、ふたりの記念日でもあるのに。

昨年の夏休みに未波が足を怪我したときも、彼女は足を引きずりながら海に行こうとして、説得してようやく折れてくれたのだ。

もしかすると無理をする余裕もないくらい体調が悪いのかもしれない。四日後に死ぬことになっているのだから、もし彼女が病死であれば出てこられないのは無理もない。

『わかった。お大事に』と返信して、なにか腑《ふ》に落ちないままスマホの画面を閉じた。


放課後になると、東城が俺の教室にやってきて仁志川と花丘と四人で学校を出て、七夕祭りの会場へ直行した。

会場はたくさんの人でごった返していた。家族連れやカップルばかりで、同じ高校の制服を着たやつらの姿も多い。

「私、人混み苦手なんだよなぁ」

隣を歩く東城が怠《だる》そうに吐き捨てる。こういった賑《にぎ》やかなところが好きな未波とは正反対のタイプで、やっぱり東城とは気が合うと思った。

四人で並んで歩きながら露店を眺めていく。輪投げや射的といった定番を押さえつつ、小腹が空《す》いてきたのでそれぞれ目当てのものを買って近くにあったベンチに腰掛けた。

「東城さんって趣味とかあるの？　兄弟は？」

仁志川と花丘のふたりは気を遣って積極的に東城に話を振る。花丘は未波のために俺と東城がくっつかないようにそうしているのかもしれなかった。ふたりに感謝しつつ、適度に会話に交じって買ってきた焼きそばを口に運ぶ。

「康介くん、あっち行ってみない？　短冊いっぱい吊《つる》されてるよ」

焼きそばを食べ終わったあと、東城が強引に俺の手を引いてベンチから立ち上がり、道の先を指さした。

神社の境内のあちこちに立っている笹。今日の祭りのためだけに用意されているものので、そこにはたくさんの人が群がっている。

笹の葉に短冊を吊したり、そこに書かれた願いを盗み見していたりとひと際賑わっていた。仁志川たちは俺と東城をふたりにしないようにあとをついてくる。東城はムッと眉根《まゆね》を寄せたが、なにか文句を垂れることはなかった。

「はいこれ。康介くんのもあるから書いて」

どこで手に入れてきたのか、東城は黄色とピンク色の短冊を持っていて、黄色の方を俺にくれた。仁志川と花丘は彼女の視界には入っていないのか、俺だけに渡してきた。

「俺らも短冊探してくるか」

あっちにあるよ、と東城がふたりに告げると、仁志川たちは短冊を探しに人混みに消えていった。

東城は再びベンチに腰掛け、鞄《かばん》の中から教科書を取り出してそれを下敷き代わりに短冊に願い事を書いていく。

「ピンクの短冊は恋愛成就の願い事を書くといいんだって」

ペンを走らせながら、含みを持たせた口調で東城は言う。

「そうなんだ。黄色は？」

「諸説あるみたいだけど、人間関係の願いを書くといいらしいよ。あの人と仲良くなれますように、とか。あとは誰かの幸せを願ったりとか」

「……そっか」

真っ先に浮かんだのは未波だった。けれど未波の幸せを願おうにも、叶《かな》わないと知っている願いをわざわざ書く気になれなかった。

じっと考え込んでもなにを書いたらいいか思い浮かばず、なんとなく風に揺れている短冊に目を向ける。

世界平和や恋の成就。部活のレギュラー奪取や金持ちになりたいなど、短冊に込められた願いは様々だった。

「よし！　書けた書けた。康介くんは？」

短冊に願い事を書き終えたらしい東城は、それを大事そうに胸に抱えてベンチから立ち上がる。彼女の頬はほんのりと赤く染まっていた。

「まだ書けてない。東城はなんて書いたの？」

「それは秘密。先に吊してくるね」

東城はうんと背伸びをしてさらに長い腕を伸ばし、俺に見えないように高いところに短冊を吊した。相当小さい字で書いたようで、目を凝らしても読めなかった。どこかから短冊をもらってきた仁志川と花丘は、いつの間にかふたりの世界に入ってお互いの短冊を見せ合い、恥ずかしいくらいにじゃれ合っていた。

そのとき、少し離れたところにある笹の陰から、こちらの様子を窺《うかが》っている人物がいた。ベージュのキャップを目深に被《かぶ》り、薄ピンク色のマスクをしている小柄な少女。

俺の視線に気づいたのか、少女は慌てて顔を引っ込める。しばらく凝視していると、少女は笹の陰からひょっこりと顔を出し、再び目が合うと小走りでその場を離れていった。

「なにやってんだあいつ……」

　今のはまちがいなく未波だった。変装していてもすぐに未波だとわかった。彼女が被っていたキャップや着ていたTシャツは未波がよく着用しているもので、走り方や仕草まで未波でまちがいなかった。

「今の、未波さんでしたね」

　サチヤにも気づかれる始末で、呆《あき》れてため息が零《こぼ》れる。

「ごめん。ちょっと用ができたから、抜けるわ」

「え？　ちょっと康介くん？」

　三人に手を合わせて精一杯の謝意を示し、逃げていった未波を走って追いかける。勘違いさせてしまったのなら弁明しなくては。そもそも風邪で寝込んでいるはずじゃなかったのか。

　走りながら頭の中でぐるぐると思考が回る。境内の外に出たところで未波の姿を捉《とら》えた。彼女は膝《ひざ》に手をついて荒い呼吸を整えていた。

「未波？　だよな」

　未波と思《おぼ》しき人物の背中に問いを投げかけると、彼女はゆっくりと振り返り、観念したようにマスクを外した。汗ばんだ未波の顔が現れる。

「あれ、こうちゃんだ。奇遇だね。こんなところでなにしてるの？」

未波はとっさに笑顔をつくり、白々しく訊《たず》ねてくる。

「そんなことより熱は？　風邪、悪化したって聞いたけど」

「ああ、それならもう大丈夫。いっぱい寝たら治っちゃって、せっかくだから七夕祭りに行こうかなって思って出てきたの」

未波は目を泳がせながらひと息に捲《まく》し立てる。相変わらずわかりやすいな、とさらに呆れ果てる。

「それより戻らなくて大丈夫？　東城さん、待ってると思うよ」

俺の背後を気にしながら未波は言う。そこにはサチヤしかいない。

「ああ、大丈夫。仁志川たちもいるし、そろそろ抜けようと思ってたところだったから」

「用事あるの？」

「未波のお見舞いに行こうと思ってた」

「あ……そうだったんだ。ありがとうこうちゃん。でも、本当にもう大丈夫だよ」

グッと親指を立てて復活をアピールする未波。顔色も良好で、無理をしている様子もなく、たしかに元気そうに見える。

「そっか。それならよかった」

「うん。心配かけてごめんね」

境内は避けて、露店が立ち並ぶ道を未波とふたりで歩く。未波はベビーカステラを購入し、それを食べながら歩き、今度はリンゴ飴《あめ》の露店の列に並んだ。

「そういえばさっきさ、なんで変装してたの？」

リンゴ飴を購入してご満悦の未波に問いかける。すると未波は、またしてもわかりやすく動揺する。

「し、してないよ？　へ、変装なんて。日差しが強いから帽子被ってただけだし、ほら、病み上がりだからマスクしてたの」

「でもさ、こそこそしてたじゃん」

してないよ、と未波は呟《つぶや》いてから下手な口笛を吹いてごまかす。意地の悪い追及はやめにして、本当に体調が回復しただけなのだと信じてやることにした。

東城から数件のメッセージと着信はあったけれど、もともと未波と訪れる予定だったのだから仕方がない。

『ごめん』とクマが謝るスタンプを送ってスマホをポケットにしまう。

「こうちゃん、短冊書いた？」

「あ、まだだった。どうしよう」

ポケットに突っ込んだまましわくちゃになってしまった黄色の短冊。結局なにも書くことが浮かばずに白紙のままになっていた。

「わたしもまだ書いてないから、書きに行こう」

未波に腕を引っ張られ、再び境内に足を踏み入れる。東城に遭遇しないように周囲を警戒しながら歩を進める。

どうやら社務所で短冊を配っているらしく、未波はピンク色の短冊を一枚もらってきた。

「ピンクの短冊は恋愛成就の願いを書くといいらしいよ」

東城から聞いた知識を披露すると、未波は「もう成就してるもんね」と得意げに笑う。

「だったらほかのこと書いたらいいんじゃない？　お金持ちになりたいとか」

「うーん、黄色の短冊はどんな願いなの？」

「人間関係……だったかな」

言いながら近くのベンチに腰掛け、少し迷ってからくしゃくしゃの短冊に願いを書き込む。

『未波が幸せになれますように』

黄色の短冊には、誰かの幸せを願うといいと東城が言っていた。叶わないと知っていても、目の前の未波の無邪気な笑顔を見ているとやっぱり彼女の幸せを願いたくなった。

「あ、わたしも七夕の豆知識知ってるから教えてあげる。七夕の願いはね、自分が叶えるものなんだって」

「……自分が？」

「うん。もともとは新年の抱負とか決意表明を書いてたらしいよ。だから短冊に込める願い事は他力本願じゃなくて、自力で叶えるものなんだって」

「……そうなんだ」

　書いたばかりの短冊をじっと見つめる。未波の幸せを願ったが、完全に他力本願のつもりで書いてしまった。今さら書き直すわけにもいかず、まあいいかとそのまま笹の葉に吊《つる》す。

「こうちゃん、なんて書いたの？」

「内緒」

「え、ずるい」

　未波に見られないように高いところに短冊を吊す。未波も書き終えたようで、不貞《ふて》腐《くさ》れたように唇を尖《とが》らせて短冊を笹の葉に結んでいる。

「叶《かな》いますように」

　結び終わったあと、未波は手を合わせて拝んだ。自分で叶えるものだと言っておきながら、早くも他力本願で思わず笑ってしまう。

「じゃあ、帰ろっか」

「うん」

未波がなにを願ったのか、ちらりと短冊の文字を盗み見る。

『こうちゃんが幸せになりますように』

一瞬見えたその文字に、胸がずきりと痛んだ。自分のことを願えと言ったのに、どうして未波はいつも人のことを思えるのか。俺なんかよりもよっぽど辛《つら》い人生を歩んでいる自分の幸せを願えばいいのに。

「おふたりともお互いの幸せを願うなんて、仲良しですね」

サチヤが未波の短冊を見て、ぼそりと言った。たしかにこれでは仁志川たちのバカップルみたいだ。

先を歩く未波の小さな背中を見ていると、どうしようもなく抱きしめたくなった。

「こうちゃん？　どうしたの？」

未波は立ち止まった俺を振り返り、首を傾げる。

「……いや、なんでもない」

祭り会場の近くに停めていた自転車を回収してから帰路につく。楽しかったね、と未波は上機嫌に俺の隣を歩いている。

とある公園を横切ったとき、ふと思い出して未波に提案する。

「うちの近くの公園で花火しない？　未波、花火したいって言ってたよな」

「え、したいしたい！　いいの？」

「うん、いいよ。今日で付き合って二年だし、盛大にやろう」

記念日覚えててくれたんだ、と未波は目を潤ませる。覚えるもなにも、七夕の日に付き合ったのだから忘れる方がおかしい。

未波を荷台に乗せ、まずは花火セットとバケツを取りに自宅へ向かう。それから近所の公園まで自転車を走らせる。

公園に着くと、さっそく花火セットを開封して家から持ってきたライターで火を点《つ》け、小さな花火大会を開催した。

こうして未波が夏休みにしたいことのリストを少しずつ消化していくと、達成感もあるけれどもうすぐ未波がいなくなってしまう寂しさも増していく。

一本一本花火を消費していくたびに、楽しいはずなのに気分が落ち込んでいった。

「なんかこうちゃん、元気ないね。悲しいことでもあった？」

無言で花火の光を眺めていると、未波が俺の顔を覗《のぞ》き込む。

「いや、なんもないよ」

「こうちゃんさ、なにか悩んでることとかない？　わたしでよかったら話聞くから、なんでも話して」

「いや、ほんとにないって。ほら、これで最後だから」

最後に残った線香花火の束を未波に手渡す。彼女は子どものような表情で嬉《うれ》しそうにそれを受け取り、一本を俺にくれた。

「こうちゃん、ありがとね」

線香花火に火を点けると、未波が唐突にお礼を述べた。

「なにが?」

「こうちゃん、短冊にわたしの幸せを願ってくれたでしょ? 見るつもりはなかったんだけど、ちらっと見えちゃって」

「ああ、えっと……書いたかも」

ぽとりと地面に火球が落ち、辺りは真っ暗になる。未波はまた線香花火を二本手に取り、そのうちの一本を俺に手渡した。

再び点火する。線香花火の独特の光が炸裂《さくれつ》する。

「あれ、嬉しかったな。こうちゃんがわたしの幸せを願ってくれるなんて」

「べつに普通のことだろ。恋人なんだから」

少しの間を空けてから、そうだねと未波は小さく囁《ささや》く。普段なら照れくさくて言えないことも、今ならなんでも言える気がした。

そのとき、未波の目元からなにかが落ちた。暗くてよく見えなかったが、おそらく涙だった。そんな些細《ささい》な言葉が余程嬉しかったのだろうか。気づかないふりをして花火を続ける。

この黙々と線香花火を眺めているだけの時間が、ずっと続いてほしいと思った。火を点《つ》けると、ぱちぱちと弾《はじ》け、ぽとりと落ちる。それを繰り返しているだけなのに、どうしてか幸福感に包まれているような感覚を味わった。

それはきっと、隣にいるのが未波だからなのだと、二年間付き合ってきたのに今になって気づいた。あまりにも遅すぎるけれど、気づけたことがなにより嬉しかった。

——俺は未波のことが好きなんだ。

儚《はかな》く消えた線香花火を見つめながら、噛《か》みしめるように再認識した。最近は中途半端な気持ちで交際を続けていたけれど、今は心の底から未波のことが好きだと胸を張って言える。

未波にはこの先も生きてほしいと、線香花火の光に照らされた彼女の横顔を見て、強く願った。

「こうちゃん。本当に悩んでることとかない？　最近こうちゃんずっと変だし、なにか大きな問題を抱えてるんじゃないかって、心配してるの」

未波は目を落としたまま、囁くように俺に問いかける。今まで恋人に無関心だった男が急に優しくなったのだから、違和感を抱いて当然のことだ。

「いや、本当になんもないから、大丈夫。心配かけてごめん」

それならよかったと、未波は掠《かす》れた声で囁いた。

花火が終わったあと、未波を自宅まで送り届けた。ふたりとも終始無言だったけれど、心は通じ合っているような心地良さがあった。

「ありがとう、こうちゃん。家まで送ってくれて。今日は楽しかった」

玄関の前で手を振る未波。彼女がドアの取っ手に手をかけたとき、俺はとっさに彼女を呼び止める。

「あのさ、また明日《あした》もどこか出かけない？　行きたいところとかある？」

「明日？　でも明日は学校だし、出かけたいけどバイトもあるから……。こうちゃんがそんなこと言ってくれるなんて珍しいね。どうかしたの？」

「いや……ほら、夏だからあちこち出かけたいじゃん」

「そうだね。夏休みになったらいっぱい遊ぼ？　楽しみだね」

その夏休みがやってこないから誘っているのに、未波に伝えられないのがもどかしい。

また明日ね、と未波は手を振って家の中へ入っていった。

もう少し話していたかったのに、それ以上彼女を足止めする言葉は浮かばなかった。

未波に対してこんな感情を抱いたのは初めてだった。今まではふたりで遊ぶことが苦になっていたが、それも感じない。サチャが現れていなければ、こんな感情は抱かなかったかもしれない。未波の死が確定してから大切さに気づくなんて、そんな自分が情けなかった。

しばらくその場を動けずに未波の自宅を呆然《ぼうぜん》と眺める。

――七夕の願いはね、自分が叶えるものなんだって。

未波の言葉が耳元で蘇《よみがえ》る。未波の幸せは、俺が叶えてやらなくては実現しないのだ。

「帰らないんですか？」

固まったまま動かない俺にサチャが問いかける。帰るよ、と呟《つぶや》いてから自転車を押して歩いた。

数分歩いたところでふと思い出し、その場に自転車を止めて後ろを振り返る。サチャの足もぴたりと止まる。

「どうかしましたか？」

「あのさ、未波を救う方法があるって前に言ってたよな」

「はい、言いました」

「それ、教えてくれ」

「前も言いましたが、聞かない方が……」

「いいから、教えてくれ！　未波を救えるんだったら、なんでもするから！」

サチャのコートを摑《つか》み、地面に膝《ひざ》をついて縋《すが》るように嘆願する。

「お前も見てただろ。こんなに辛《つら》い人生を歩んでいるのに、あと数日の命なんて……そんな悲しいことがあっていいわけないだろ」

犬の散歩をしているおばさんが訝《いぶか》しげな目を俺に向けて早歩きで去っていく。ひとりで暗闇に向かってぶつぶつ喋《しゃべ》っている変な男に映ったのだろう。犬は威嚇するように激しく吠《ほ》えている。

「……わかりました」

摑んでいたコートを離すと、サチャは一歩後ろに下がって乱れたコートを直す。それなりの代償はあるはずだが、未波を救えるなら多少の無理はしたってかまわなかった。

サチャはひと呼吸おいてから、俺の目をじっと見つめて言い放った。

「未波さんを救うには、あなたが身代わりになるか、別の誰かの魂を捧《ささ》げるか。ふたつにひとつです」

しんと静まり返った夜の道に、サチャの声が響き渡る。

わずかに見えていた希望の光は、瞬く間に消滅した。

第四章

『誰かを愛することは、その人に幸福になってもらいたいと願うことである』

数学の授業中になにげなく開いた『恋の名言集』。飛び込んできたその一文に、はっと胸を突かれる。

どうやらその言葉は姉にも響いたようで、ピンク色のマーカーが引いてある。今の俺にとっては、妙に説得力のある名言だった。

本を閉じて、次にスマホをポケットから取り出す。数学の教科担任に見つからないように机の下でスマホを操作する。

画面に表示された七月八日の文字に、今日も頭を悩ませられる。未波が死んでしまうまで、あと四日となっていた。

『指名手配犯』と検索バーに入力すると、全国の指名手配犯の情報がずらりと出てくる。授業そっちのけでそれらに目をとおしていき、次に『殺してもいい人間』『完全犯罪　方法』など、白昼堂々と物騒なことを検索していく。

　未波を救うには、俺が死ぬか、別の誰かを殺すかの二択しかないらしい。

　今朝のサチヤとの会話がふと蘇る。

「俺が死ぬか、別の誰かの魂を捧げるか。後者を選んだ場合、人を殺せってことだよな？」

「端的に言えば、そういうことです」

　腕を組んで熟考する。未波を救えるなら体を張ってもいいと思っていたが、まさかこんなに酷《ひど》い条件を提示されるとは想像もしていなかった。

　そもそも愛し合っているカップルがいたとして、恋人を救うために自分の命を犠牲にするやつなんて果たしているだろうか。そんな利他的な人間は見たことがない。

「人を殺すって、それはお前が言っていた愚行に走るやつと同じなんじゃないのかよ」

「我々は持ち帰る魂がひとつあればそれでいいのです」

「だったら、最初からそれを本人に告げて誰かを殺させたらいいじゃん。そんな条件、本人以外に告げたところで呑《の》むやついないだろ」

「利己心から人を殺《あや》めるのは死神の理念とは異なるので、自分が生きるために他者を犠牲にしようとする行為は許容できないのです」

　自分のためではなく、人のための殺人なら許されるような言い草だ。愛する者のために人を殺すのは美しいことだと言いたいのだろうか。死神のくせになんて偽善的なやつなんだろう。人殺しに善も悪もないだろうに。ある意味死神らしい考え方と言えるかもしれない。

「未波の代わりにこの人の魂を持ち帰ってください、ってお願いするだけじゃだめなの？　死神の力で魂を吸い取るみたいな。それとも俺が殺さないといけないの？」

「死神にそんな力はありません。青柳さんの手で、代わりとなる魂を奪ってください」

「え、まじ？　鎌《かま》とかで魂を刈り取ったりできないの？」

「死神がよく持っているあの鎌は、ただの飾りです。無理です」

ため息交じりにサチヤは吐き捨てる。きっと過去に同じ質問を何度もされてきたのだろう。

「なんだよそれ。あ、じゃあいつも持ってるあの黒い手帳は？　デス手帳でしょ、あれ。死神の手帳に名前を書かれた人間は死ぬ、みたいな」

「なんですか、それ。あの手帳にそんな力はありません。名前を書くとその人の情報を知ることができるだけです」

サチヤの返答にがっくりと肩を落とす。代わりとなる人を見つけたあとは、てっきり死神が手を下してくれるものだと都合よく考えていた。

「だから聞かない方がいいと言ったんです。どうせできっこないんだから」

「うるさいな。そんな理不尽な二択を迫られるなんて思ってなかったんだよ」

「どうするんですか？　未波さんの命を諦《あきら》めるんですか？」

「今考えてるんだから、少し黙ってろ」


今朝、そんな会話をしてから家を出てきた。それからサチヤはずっと黙ったままだ。スマホをポケットにしまい、今日から復帰してきた未波に視線を向ける。窓際の列の、前から二番目の席。

授業中だというのに、彼女はぼんやりと窓の外を眺めている。なにか考え事でもしているのだろうか。いつも勉強熱心な未波が授業に集中していないなんて、珍しい光景だった。

数学の授業が終わり、休み時間になった。ふと思い出して席を立ち、廊下に出る。

隣のクラスを覗《のぞ》くと、一番奥の席に座る気の弱そうな男子生徒に、柄の悪そうな生徒が数人詰め寄っていた。隣のクラスでいじめがあることは薄々知っていた。体育の授業はいつもこのクラスと合同で行われるので、むしろ知らないやつの方が少ない。

主犯格は半澤孝《はんざわたかし》。背が高く、格闘技を習っていたとかで体格もいい。

けれど隣のクラスのことは俺には関係ないし、首を突っ込むなんて馬鹿のすることだと気づかないふりをしてきた。

半澤を殺すのはどうだろうか、と考えてみる。おそらく悲しむ人は少なく、喜ぶ人の方が多い気がする。

きっといじめられている生徒が俺の立場だったなら、迷いなく半澤を殺すんだろうなと思いながら自分の教室に戻る。

着席してから未波に目を向けると、彼女はまだ窓の外をぼんやりと眺めていた。


その日の授業がすべて終わると、「一緒に帰ろう」と未波が俺の席へやってきた。

「うん、いいよ」

未波とふたりで教室を出る。廊下に出てすぐ、なにか言いたそうにこちらを見ている東城の姿があったが、俺は目を伏せて彼女の横を素通りした。

「東城さん来てたけど、話さなくてよかったの？」

未波が後ろを気にしながら小声で聞いてくる。サチヤもつられて背後を振り返っていた。

「べつに大丈夫。ほかの人に用があったのかもしれないし」

「でも東城さん、こっち見てるよ」

「後ろ見なくていいから、行くぞ」

未波の手を引っ張って階段を駆け下りる。今は余計なことはなにも考えたくなかった。

「バイトの時間までどこか行きたいところないか？」

学校を出て自転車を押して歩きながら未波に問いかける。

「行きたいところ？　でもあと一時間ちょっとしかないし、この辺だとカラオケとかカフェとかになっちゃうね」

「もっと遠くでもいいし、なんならバイト休んじゃえよ。二、三日くらい休みもらったら？　病み上がりなんだし」

必死に笑顔をつくって提案したが、自分でも笑顔が引き攣《つ》っているのがわかる。無茶を言っているのは自覚しているが、もう未波に残された時間がなくて焦りだけが募っていく。

「さすがにバイトは休めないよ。先月の期末テストでいっぱい休んじゃったし、お店に迷惑かけたくないから。こうちゃん、なんか変だよ？　どうしたの？」

「いや、なんでもない。そうだよな。未波が休んだら、お店の人に迷惑かかるもんな」

そうだよ、迷惑がかかるんだよ、と未波は聞き分けの悪い子どもに教え諭すように繰り返した。

結局未波を説得することは叶《かな》わず、仕事の時間になるまで未波のバイト先のファミレスにいることにした。ここなら時間ギリギリまで未波のそばにいられる。

「なんか変な気分。バイト先でこうちゃんと一緒にいるなんて」

窓際のボックス席に座ると、未波は楽しそうにメニューを眺める。逆の立場だったらバイト先に自分の恋人を連れていくなんて、照れくさくてきっと無理だ。

けれど未波は、照れる素振りも見せず注文を取りにきた店員に俺を紹介した。

「わたしの彼氏のこうちゃんです。同じクラスなんです」

「あらそうなの。未波ちゃんの彼氏、素敵じゃない。お似合いだと思う」

四十代くらいの女性店員が俺と未波を交互に見てそんな感想を述べた。俺はぺこぺこ頭を下げる。

フライドポテトとドリンクバーをふたつ注文し、グラスを片手に未波とドリンクを取りに席を立つ。未波はオレンジジュースを、俺はジンジャエールをグラスに注いでまた席に戻る。

「こうちゃんってほんとジンジャエール好きだよね。ほかのジュース飲んでるとこ見たことないかも」

「『ジンジャエールは恋のキューピッド』っていう姉ちゃんが好きな少女漫画があるんだけど、それの影響で昔から姉ちゃんがジンジャエールばっか飲んでてさ。家に何本もストックしてあるから俺も飲むようになって、それから好きになった」

なにそれ、と未波はおかしそうに笑う。思い返せばサチヤが現れる前は、未波がこんなふうに笑うことはほとんどなかった。

関係が冷え切って、未波に冷たく接してばかりいた。そのせいで未波の笑顔は日に日に減っていった。

関係が冷え切ったと言ってもそれは一方的なもので、未波は交際を始めた当初から変わらずに俺のことを好きでいてくれているのだ。

未波が死ぬとわかるまで、その気持ちに応《こた》えられなかった自分に無性に腹が立った。

「おいしいね」

オレンジジュースを飲みながら、幸せそうな顔で未波は囁《ささや》く。そういえば未波も昔からオレンジジュースばかり飲んでいた。そんな些細《ささい》なことでも、未波のことを知れて嬉《うれ》しくなる。

こうやってなにげない日々を未波と過ごすだけでよかったんだ。特別なことはしないで、小さな幸せを積み重ねていけばよかった。きっと未波も、それを望んでいたはずだった。

俺の気持ちが離れていなければ、もっと未波を幸せにしてやれたのに。

「お待たせしました。ごゆっくりどうぞ」

先ほどの四十代くらいの女性店員が注文したフライドポテトを運んできて、さっそくふたりで食べる。

久しぶりに未波とゆっくり話せると思っていたが、ホールスタッフや厨房《ちゅうぼう》からも店員がやってきて、俺を品定めするかのように一瞥《いちべつ》しつつ未波と言葉を交わし合っていた。

「未波ちゃん、風邪治ったんだ。無理しないでね」

「この間はシフト代わってくれてありがとね。飴《あめ》あげる。彼氏さんも」

「これ、サービスだから」

未波は嫌な顔ひとつせず、愛想良く受け答えしている。最後にプリンをふたつ持ってやってきたおばさんには、ふたりで丁寧にお礼を言って頭を下げた。

「すごいな、未波。めちゃくちゃ慕われてるじゃん」

「慕われてはないよ。仲良くさせてもらってるだけだよ」

未波は上機嫌でプリンをスプーンで掬《すく》って口に運ぶ。一連のやり取りを見て、こんなに必要とされている未波が死ぬより、もっとほかに死ぬべき人間はいるはずだと改めて思った。むしろ、未波が死ぬより俺が死んだ方が世のためになる気がした。

「こうちゃん、食べないの？　プリンおいしいよ」

「そんなにおいしいなら、俺の分も食べていいよ」

手元にある皿を未波の前に差し出す。

「え、いいの？」

「うん、いいよ。甘いもの、そんなに得意じゃないし」

「そっか。じゃあ、こうちゃんの分までわたしが食べてあげる」

プリンが載った皿を手元に引き寄せ、未波は鼻歌交じりに二個目にスプーンを入れる。本当はプリンくらいなら全然食べられるけれど、未波の幸せそうな顔を見たくて我慢した。

子どものような無邪気な顔でプリンを食べる未波を見ていると、こちらまで楽しくなってくる。未波と一緒にいて楽しいと思えることも以前はまったくなかった。

「未波はさ、将来看護師になりたいんだろ。なれるよ、未波ならきっと」

「え？　なんで知ってるの？　わたしこうちゃんに話したっけ？」

「いや、卒業アルバムに書いてあった。お母さんみたいな看護師になりたいって。この前久しぶりにアルバム見てさ」

「あー、そういえば書いたかも。なれるかな、わたし」

なれるさ、と再度未波の背中を押す。未波が将来看護師になって、たくさんの人を笑顔にする姿は難なく想像がつく。

やっぱり未波はまだ死ぬべき人間ではないと、つくづく思った。

「こうちゃんは将来なにになりたいの？」

その質問は返答に窮した。将来やりたいことなんて、この時期になってもまだ決まっていなかった。

「まだ考え中」

「そっか。見つかるといいね、やりたいこと」

そうだな、と答えると未波は話題を変える。

「こうちゃんはなにかしたいことないの？」

「したいこと？」

「うん。昨日わたしに聞いてきたじゃん。どこか行きたいところとか。こうちゃんはないのかなって」

「いや、俺は……」

「わたしはこうちゃんと一緒ならどこでもいいよ。明日《あした》と明後日《あさって》はバイトだけど、月曜日は休みだから学校終わったらどこか出かけない？」

未波は最後のひと口を食べ終わると、ごちそうさまでしたと満足そうに呟《つぶや》いて手を合わせた。未波が提案した月曜日は、彼女の命日でもある。

「……わかった。考えとく」

「うん。そろそろ時間だから、わたし行くね」

払っておくね、と未波は会計札を持ってレジの方へ歩いていき、支払いが終わると従業員専用口に消えていった。

残っていたフライドポテトを口に運びながら、制服に着替えて店内に出てきた未波を観察する。未波は相変わらず能率的に働き、普段のふわふわとした彼女とのギャップに驚かされる。

小さい子が店内を走り回り、転倒して泣き叫ぶとすぐに駆け寄って優しく声をかけている。料理の提供が遅いと文句をつける客には持ち前の明るさで対応し、最後には客も笑顔になって怒りを鎮め、クレーム対応も完璧《かんぺき》にこなしていた。

俺は未波のこういった温かさに惹《ひ》かれたのかもしれない。どんなときでも明るくて、人を見て態度を変えないところもそうだし、なによりその献身的な姿勢に心を打たれてしまう。すでにポテトは食べ終わったけれど、もう少しだけ未波の働きっぷりを眺めて、それから席を立って未波にひと声かけてから店を出る。

「月曜日も含めるとあと三日ですが、未波さんとどのように過ごすんですか？」

店を出てすぐにサチヤが口を開く。

「まだ決めてない。ていうか、未波は死なせないって決めたから」

「どうするつもりですか？」

サチヤの問いかけは無視して、自転車に跨《また》がってホームセンターまで走る。

数十分自転車を走らせると、昨年リニューアルオープンしたばかりの綺麗《きれい》な店舗が見えてくる。

入店すると真っ先にアウトドアグッズ売り場へ直行し、折りたたみ式のナイフを手に取った。思っていたよりも値段が高く、どうするかじっと考え込んでいると背後からサチヤの声が届く。

「そのナイフで誰かをグサッと刺し殺すつもりですか？」

「うるさいな。護身用に買うだけだよ」

サチヤに背中を向けてレジへ持って行き、顔を伏せてナイフを購入した。店員に用途を聞かれたらどうしようと、心臓が早鐘を打ち始める。そんなはずはきっとないのに、その場にいる全員の視線が俺に集まっているような気がした。

何事もなく会計は終わり、逃げるように早歩きで店を出る。

店を出るとようやく呼吸ができたような気がして、何度も深く息を吐き出した。胸の鼓動はまだ収まりそうになく、落ち着くまで自転車を押して歩く。

「本当にほかの人を犠牲にするつもりですか？　少なくとも、僕が担当した人たちの中にはそんな人はいませんでしたよ」

俺の少し後ろを歩いているサチヤが聞いてくる。

「だったら、初めて見られるかもな、いつもとちがう結末が。ていうか、本人に告げるのをやめたのって、最近始まった制度なんだろ。これから俺みたいなやついっぱい出てくると思うよ」

「いえ、他人を犠牲にしようとした人はいたんですが、実行に移せた人はいなかったという意味です」

サチヤの返しに痛いところを突かれ、なにも言い返せなかった。ナイフを買ったはいいものの、実際に人に突き立てられる自信は正直持ち合わせていない。

それすらもサチヤに見透かされているようで、腹が立った。

「べつにびびってないから。ただ家族に迷惑かけちゃうなって思っただけだし。弟が殺人犯になったら、姉ちゃん今の彼氏に振られるんだろうなって心配してるだけだから」

「そうですか」

「俺はまだ十六歳だから死刑にはならないだろうし、少年法とかよく知らないけど、たぶん十年以内には出てこられるだろ？　だから、ほんのちょっと我慢するだけで未波を救えるなら全然痛くないし」

「そうですか」

「釈放されて未波がほかの人と付き合ってたら笑えるけどな」

「笑えませんね」

込み上げた恐怖心をごまかすように、俺は口を動かし続けた。無理にでも強がっていないと、すぐに弱気になってナイフを捨ててしまうかもしれない。

「死神が現れて、未波を救うために殺しましたって言えば情状酌量にならないかな」

「なりませんね。死神に唆《そその》かされたなんて誰が信じるんですか」

「自分で言って悲しくならないのかよ」

「なりません」

「あっそ。なにかいい方法ないかな」

「僕に聞かないでください」

いつもならサチヤを置いて自転車を走らせて帰宅しているところだが、今はひとりになりたくなかった。冷たくあしらわれても話し相手がいるだけで救いだった。

思案に余ってサチヤに相談しながら歩き、家に着いた頃には喉《のど》が枯れていた。散々話し合ったけれど、結局突破口は見つからなかった。


土曜日の朝。未波が死ぬまであと三日になった。昨晩は未成年の殺人事件についていろいろ調べ、入念に善後策を練った。

調べたところによると、未成年でも場合によっては無期刑になることもあるらしい。未波を救ったものの二度と会えなくなるのなら俺が死ぬのと同じだ。それだけは避けたい。

そこで考えたのが、正当防衛に見せかけての殺人だ。正当防衛に該当するいくつかの条件を満たしていれば、人を殺しても殺人罪は成立しないらしい。

「今日はどうするんですか？」

俺より先に起きていたサチヤが気怠《けだる》げに言った。

「さあ。とりあえず、帰る準備だけしとけよ。今日でお別れだ」

「なんですか、その決め台詞《ぜりふ》。本当に人を殺すつもりですか？」

返事をせずに服を着替え、昨日購入したナイフをポケットに忍ばせて部屋を出る。

するとちょうど自分の部屋から出てきた姉と鉢合わせした。化粧をばっちり決めて、服装もやけに気合いが入っている。

「なに、朝からデートでもすんの？」

「彼氏と海までドライブデートしてくる」

姉は語尾にハートがつきそうなほどの甘ったるい声でにこりと微笑んだ。朝から気分が悪くなった。

まるで姉は少女漫画のヒロインにでもなったかのように、華麗なステップで階段を下りていく。そして玄関の前でバレエダンサーのごとくくるりとターンすると、そのまま靴を履いて外へ出ていった。

「なんだ、あれ」

「ご機嫌ですね、お姉さん」

ふたりで呆《あき》れながら外へ出る。午前中とはいえこの時間でも日差しが強く、嫌気が差すほど蒸し暑かった。

人通りが多い駅前広場の近くに自転車を停め、あてもなく周辺を歩き回る。ズボンのポケットに入れているナイフを握りしめ、首を巡らせて周囲に鋭い視線を走らせる。

「殺す人を吟味してるんですか？」

いつの間にか背後にいたサチヤの物騒な声が耳に届く。声がでかいと突っ込みそうになったが、サチヤの声は俺にしか聞こえないのだった。

「そういうこと」

小声で返してひたすら駅前をぐるぐる歩き、不良や柄の悪そうな人を探し回った。そういった血の気の多そうな人にわざとぶつかり、殴られそうになったところでナイフを突き立てる。昨晩、俺が精一杯考えた作戦はそんな子どもじみたものだった。

けれどほかに妙案が浮かぶことはなく、未波の命日までの時間もないためにそうするほかなかった。殴られて自分の身を守るためにとっさにナイフを突き刺す。もしくは揉《も》み合いになったところで偶然相手にナイフが刺さるなど、いくつものパターンをシミュレーションしてきた。

おそらくは正当防衛が成立するだろうと信じて。

しばらく歩いていると、前方に求めていた柄の悪い三人組の姿を発見した。ひとりは長髪で耳にいくつものピアスをしていて、ひとりは金髪で目つきが悪い。最後のひとりはスキンヘッドで眉毛《まゆげ》がなく、首元からは変な柄のタトゥーがちらりと見えている。

まるで絵に描いたような悪の三人組だった。金属バットや鉄パイプを持っていたら尚《なお》よかった。立ち止まって三人を凝視していると、金髪が俺を睨《にら》みつける。

「なにじろじろ見てんだ、お前」

恐怖を感じると同時に、彼の口から期待していた台詞が飛び出して思わずにやけそうになった。口元を引き締め、彼らに体を向けてじっと黙り込んでいると、スキンヘッドが体を揺らしながら歩み寄ってきた。ポケットの中のナイフを握りしめる手に、ぐっと力を込める。

スキンヘッドが手を振り上げ、俺は歯を食いしばって目を瞑《つぶ》る。

「お前、熱中症に気をつけろよ。汗すごいぞ。ほら、これやるから」

彼はそう言って俺の手に塩味の飴玉《あめだま》を握らせ、背を向けて仲間のもとへ戻っていく。

「あ、ありがとうございます」

掠《かす》れた声でお礼を言うと、スキンヘッドは背を向けたまま片手を上げてそれに応《こた》えた。

「普通にいい人でしたね」

サチヤの声が虚《むな》しく響く。ポケットの中で、ナイフを握る手が汗で滑る。

「いい人ならあんな格好すんなよ、紛らわしい」

そう吐き捨てて、もらった飴玉を乱暴に口の中に放り込んで再び彷徨《ほうこう》する。しかし不良とすれちがうことはあっても、いきなり殴りかかってくるような輩《やから》は一向に現れない。

睨みつけたり、わざと近くを通ったりとこちらから仕掛けてみたが、逆にやばいやつだと思われたのか避けられてばかり。

散々歩き回ったせいか夕方頃になるとへとへとで、日差しもまだまだ強いため近くにあったゲームセンターに避難した。

クーラーがあまり効いていないのか、店内も思いのほか暑い。

店内の中ほどにあった椅子に腰掛け、少し休んでから計画を再開しようと作戦を練り直していると、レースゲームのそばで見知った顔を見つけた。

隣のクラスの上位グループの連中で、いじめの主犯格である半澤と加担しているやつら。その中には、いつもいじめられているあの生徒も混じっていた。

カツアゲでもされているのだろうかと、しばらく彼らを観察することにした。

数分様子を見ていると、予想どおり彼らのゲームのプレイ料金はいじめられている生徒の財布から支払われていた。

なんとなく彼らにスマホを向けて動画を撮っていると、そのうちのひとりが俺に気づいた。

「おい！　お前なに撮ってんだよ！」

ドスの利いた声が響き渡る。瞬時にスマホをポケットに隠し、視線を逸《そ》らす。

「お前一組の青柳じゃん。今俺らのこと撮ってたよね。携帯出せよ」

半澤が取り巻きたちを押しのけ、百八十センチを超える巨体を揺らして詰め寄ってくる。

パーマのかかった長めの髪に、首元には趣味の悪いドクロのネックレス。彼は喧嘩《けんか》っ早《ぱや》く、一年の頃は二度の停学を食らっていたのを思い出した。

「いや、撮ってないけど」

これはチャンスかもしれない、とポケットの中に手を突っ込み、ナイフの存在を確かめる。

「撮ってただろ。いいから、携帯見せろよ」

強引に胸ぐらを摑《つか》まれ、彼は鬼のような形相で俺を睨みつける。声を荒らげるのではなく、小声で迫ってくるところが余計に怖かった。

思わずポケットの中からスマホとナイフのどちらを出すか、本気で迷った。

それでも俺は必死の抵抗を見せたものの力では敵《かな》わず、揉み合った末に半澤に投げ飛ばされる。その拍子にスマホが床に投げ出された。

半澤がそれをひょいと拾い上げる。

「ロックかかってんな。パスワードは？」

「さあ」

「お前殺すよ？　さっさと教えろよ」

「ごめん、忘れたわ」

半澤は舌打ちをしてから俺の腹部を蹴《け》り上げた。一瞬なにが起きたのかわからず、重たい衝撃の直後に腹部に経験したこともない鈍痛が走る。

内臓が締めつけられるような激しい痛み。声を上げることもできず、ただ背中を丸めて痛みに耐えるしかなかった。

「パスワードは？」

半澤の低い声と、取り巻きたちの笑い声が頭上で響く。蹲《うずくま》ったまま頑《かたく》なに口を閉ざしていると、耳元でなにかが弾《はじ》けたような甲高い音がした。

顔を上げると、そこには画面が激しく損傷した俺のスマホと、その周囲にいくつもの破片が飛散していた。

どうやら半澤が俺のスマホを床に叩《たた》きつけたらしい。

「半澤、やりすぎだよ」

取り巻きのひとりが笑いながら言う。さらに半澤がかかとでスマホを踏みにじった。

「盗撮したやつが悪いだろ。ある意味こっちが被害者なんだから。これでチャラでいいよ」

半澤が半笑いで言うと、周りのやつらも彼に同調して頷《うなず》いた。

痛みに耐えながらぼろぼろになったスマホを拾い上げる。そっと画面に触れてみたが、壊れているようで反応はなかった。代わりに割れたガラスで指先が切れ、赤い液体が滲《にじ》み出てくる。

半澤たちが背を向けて去っていく。彼らの楽しげな後ろ姿を見て、どうしてか無性に怒りが込み上げてきた。蹴られたことやスマホを破壊されたことは今はどうだっていい。

未波を救おうと朝から彷徨《さまよ》い続け、なかなかうまくいかずに疲れ果てていたところにこの仕打ちだ。弱者を痛めつけて、呑気《のんき》に嘲《あざわら》笑うあいつらにこの怒りをぶつけたくなった。

「いってえ」

半澤の呻《うめ》き声。気づけば俺は、手にしていた壊れたスマホを半澤目がけて投げつけていた。それが彼の背中に命中したのだ。

半澤たちが一斉に振り返り、全員が怒りの表情を浮かべて俺の方へと走ってくる。

とっさにポケットに手を入れ、ナイフを握りしめる。

だがナイフを出す間もなく半澤の飛び蹴りが炸裂《さくれつ》し、肩の辺りに食らった。そのまま受け身も取れずに後方に吹き飛び、運悪く格闘ゲームの鉄製の椅子の脚に頭を強打した。

頭部に激痛と、生温かいものが垂れてくるのを感じた。

「うわっ。やばっ!」

誰かが叫ぶ。床にぽたぽたと赤い液体が何滴も零《こぼ》れ落ちる。どうやら椅子に頭をぶつけたときに切れてしまったらしく、血が止まらなかった。

「やばいって。逃げるぞ!」

半澤たちは脱兎《だっと》のごとく店から出ていった。店員や近くにいた客たちが集まってきて、「大丈夫? これ、使って」と子ども連れの母親がハンカチをくれた。

「ありがとうございます」

受け取ったハンカチを出血している部分に押し当てる。救急車呼びましょうか、と店員に聞かれたが、大丈夫ですと答えて逃げるように店を出る。こうなったのは俺も悪いし、面倒なことは避けたかった。

外へ出るとすでに日は傾き、空は暮れ始めていた。頭部をハンカチで押さえながら、自転車を押して歩く。白のTシャツが血に染まっているからか、道行く人たちの視線を感じる。

「散々な目に遭いましたね。しかも、本懐を果たせていませんし」

サチヤが追い打ちをかけるように言った。返事をする余裕もなく、彼を無視して歩を進める。

駅のそばにある公園に自転車を停め、ベンチに腰掛ける。園内には俺のほかに誰もいなかった。

ハンカチは元の色が何色だったのかわからないほど赤く染まっていたが、いつの間にか血は止まっていた。

「あれ？　ナイフがない」

ふと思い出してポケットを漁《あさ》ってみると、なにも入っていなかった。きっと半澤に飛び蹴りされて倒れた拍子にナイフもどこかへ飛んでいったのだろう。そういえばスマホも忘れてきた。スマホは壊れて使いものにならないだろうし、ナイフを取りに戻る気にもなれなかった。

頭を抱えてがっくりと項垂《うなだ》れる。未波を救うと決めて今日一日奔走したというのに、結果はサチヤの言うように散々なものに終わった。

ナイフは失ったし、もう時間もない。これからどう動くべきか完全に見失い、呆然《ぼうぜん》とするしかなかった。

「言い忘れましたが、すべてが終わったあとに僕のことや話した内容など、死神に関する記憶は消させていただきます。ですので、たとえ未波さんを見殺しにしても、青柳さんがその後罪悪感を抱えて生きていくことはありませんので、ご安心ください」

　サチヤのその言葉を聞いて顔を上げる。そんな大事なことをなぜ黙っていたのか、彼を睨《にら》みつける。

「なんでそれを最初に言わないんだよ。遅すぎるだろ」

「すみません。うっかりしてました」

「絶対わざとだろ。俺がどう動くのか見てみたいから黙ってたんだろ」

「いえ、本当にうっかりしてただけです」

　サチヤは平然とした口調で否定し、申し訳なさそうに頭を掻《か》く。たしかに十三日間の記憶が消えるのなら、未波を救えなかったとしても罪悪感に駆られることはない。

　それでも未波が死ぬと知っていながら見て見ぬふりをするのはどうなのだろうと、余計に頭が痛くなった。

「今こうして悩んでることも消えるんですから、無駄なことはやめたらどうですか」

　サチヤの言うとおりかもしれない。未波の死後、責任を感じる必要がなくなるのなら無駄なことはやめて、運命に従うべきではないかと思えてきた。

　いや、それは絶対にだめだ。未波を救うと決心したのに、なにを揺らいでいるんだと浮かんだ思考を振り払うように頭を横に振る。一瞬でも弱気になった自分が許せなかった。

「だから最初に言ったじゃないですか。青柳さんには無理なんですよ」

「なんだって?」

「ですから、青柳さんの性格上、無理なものは無理なんです。潔く諦《あきら》めましょう」

サチヤがなにげなく発した言葉を、聞き流すことができなかった。

「……ふざけんなよ。俺がどんな思いで悩んでると思ってんだよ!」

「いつまでもうじうじしてるから、見てられなくなったんですよ!」

突然サチヤが叫び出し、胸を突かれて言葉を失う。いつも事務的で淡々としている彼が声を荒らげるなんて驚いた。

「こんなに往生際の悪い人は初めてですよ、まったく。だいたい青柳さんは未波さんと別れるつもりだったんでしょ? なのに助けたいだとか出来もしないことを言って、めちゃくちゃじゃないですか」

「う、うるさいな。キャラ崩壊してんぞお前。本気で人を好きになったこともないくせに、口出しすんなよ」

「あるわ、そのくらい。好きな死神のひとりやふたりいるわ!」

「だったら今すぐ連れてこいよ。俺に紹介しろ」

「嫌です！」

こちらも引くに引けず、その子どものような口喧嘩《くちげんか》の応酬はしばらく続いた。腹が立ってサチャの頬を抓《つね》ろうとしたが、触れられず空振りに終わる。

サチャと睨み合っていると、「こうちゃん？」と背後から未波の声がした。

振り返ると公園の外からこちらを見つめている未波の姿があった。バイト終わりにコンビニで買ったのか、パピコのアイスを口に咥《くわ》えている。

「やっぱりこうちゃんだ。……え？　どうしたのその頭！　血出てるよ！」

未波は慌てて駆け寄ってきて、瞬時に目に涙を浮かべる。

ちょっとこれ持ってて、とパピコを俺に持たせると、彼女は水飲み場でハンカチを湿らせ、それで顔周りの血痕《けっこん》を拭《ふ》き取ってくれた。どうやら額や頬に血がべっとりと固まっていたらしい。

「なにがあったの、こうちゃん」

ハンカチで血を拭きながら、未波はついに泣き出してしまった。

「ちょっと喧嘩《けんか》しただけだよ」

「ちょっと喧嘩しただけでこんなに血だらけになるの？」

ぼろぼろ涙を流しながら、未波はまたハンカチを濡《ぬ》らしに水飲み場まで走る。未波のために闘ったけれど負けたんだ、と伝えたら、さらに泣き出してしまう気がして言えなかった。それにそんなことを未波に告げたら、規則違反で俺や未波が死ぬことになるわけだし。

「軽く切れただけだから、怪我は大したことないよ」

「そんなのわかんないじゃん。そっちのパピコまだ食べてないから、こうちゃん食べてて。ちょっとコンビニで絆創膏《ばんそうこう》買ってくるね！」

未波はそう言うと慌ただしく駆け出し、近くにあるコンビニへ入っていった。

数分後に戻ってくると、買ってきた消毒液で手際よく額の傷を消毒し、絆創膏を貼ってくれた。

「傷はそんなに深くないから、ひとまずこれで大丈夫だと思う。もし膿《う》んだりしたら病院行ってね」

「……ありがとう。さすが看護師志望」

そのひと言で、曇っていた未波の表情が晴れる。

「今ので最初のお客さんがこうちゃんになったね。お客さんというか、患者さんか」

未波は戯《おど》けたように笑う。彼女にとって最初で最後の患者になるかもしれないなんて、考えたくもなかった。

「服も汚れてるから、これに着替えた方がいいよ。そんな血のついた服で帰ったら、家族がびっくりすると思うから」

未波は絆創膏と消毒液のほかに、コンビニで白のTシャツも買ってきてくれたらしい。傷の処置も完璧《かんぺき》だったし、今まで鈍くさいやつだと思っていたけれど、未波は意外とできる女なのかもしれない。仕事もそつなくこなしていたし。

「ありがとう。うちの姉ちゃん血とかだめな人だから助かるよ。この服見たら、きっと倒れてたと思う」

お礼を言いながら汚れた服を脱ぎ、未波が買ってきてくれたTシャツに着替える。デザインは無地で微妙だけれど、サイズはぴったりで着心地も悪くない。

「大丈夫？　立てる？」

「そんなに重傷じゃないから大丈夫だって」

公園を出ようと立ち上がると、未波は俺に手を貸そうとしたが断った。体の傷よりも、未波に優しくされるたびに心の方がずきずきと痛む。未波を救おうと決めたのに、結局なにもできなかったのだから。

「家まで送ってくから、後ろ乗って」

「大丈夫なの？　わたしが運転しようか？」

「いや、無理だろ。全然大丈夫だから、乗って」

わかったぁ、と未波は心配そうに口にしてから自転車の荷台に座る。小柄な未波が俺を後ろに乗せて走るなんて、きっと一メートルも進まないだろうなと想像して頬が緩む。

散々な一日だったけれど、今日も未波に救われた自分がいることに気づく。バイト先からの帰り道でもあるため、ここで待っていれば未波が通るだろうとは思っていたけれど、いざ彼女が現れると嘘のように一日の疲れが吹き飛んでいった。

ふっと気を緩めた瞬間、ふいに目元に涙が滲《にじ》んだ。

「シャンプーするとき滲《し》みるかもしれないけど、我慢して髪洗ってね」

自転車を走らせると、俺にぎゅっとしがみついた未波が声を上げる。くっつきすぎてペダルが漕《こ》ぎづらかった。

「わかってるよ」

そう発した声は、どうしてか震えてしまった。

「こうちゃん、泣いてる?」

「……泣いてるわけないだろ」

声を低くしてごまかす。後ろから腕を伸ばした未波の手が、そっと俺の頭を撫《な》でた。

「だから、泣いてないからやめろよ」

未波の手を振りほどき、必死にペダルを漕ぐ。流れた涙が後ろに零《こぼ》れないように、ブレーキを握って少しスピードを緩める。

「気のせいだったか。それならよかった。そういえばこうちゃんが泣いてるとこ、見たことないかも」

言いながら未波はさらに力強く抱きついてくる。

ふたり乗りをしていてよかったと、大きく息を吐き出した。


七月十日の日曜日。死神が俺のもとへ現れてから十一日が経った。

考えたくないけれど、一応未波は明日《あした》死ぬことになっている。

いつもなら日曜日は昼頃まで眠っているところだが、今日は朝の七時過ぎに目が覚めた。

昨晩はあまり眠れなかったため、睡眠時間も短い。目を瞑《つぶ》っても未波のことばかり考えてしまい、結局明け方まで眠れなかった。

二度寝を試みようと布団を頭から被《かぶ》るが、一向に寝つけない。もはや置物のように部屋の片隅に鎮座しているサチヤを瞥見《べっけん》すると、彼は膝《ひざ》に顔を埋《うず》めて静かに眠っていた。

昨夜は帰宅したあと、サチヤとは一度も言葉を交わすことなく彼は無言で就寝した。暑さや寒さ、空腹などを一切感じない死神が睡眠はしっかり取るなんて、約二週間彼と一緒にいるがその辺の理屈はよくわからなかった。

ベッドから起き上がり、スマホを捜すが見当たらない。昨日半澤に壊されたうえに紛失したのだとすぐに思い出す。スマホがないと不便だが、なければないで諦めもつく。

窓辺に立ってカーテンを開けると、隣家の狭間から申し訳程度の日差しが部屋の中に降り注ぐ。この部屋は位置が悪く、いつも午後になってから日が入ってくるのだ。

気分は曇っていても、空はうんざりするほど晴れ渡っていた。

「おはようございます。いい朝ですね」

サチヤが目を覚まし、立ち上がって大きく伸びをする。ぶかぶかの白のコートの袖《そで》から、さらに白い腕が真っ直ぐ伸びている。その腕は血が通っていないのかと疑いたくなるほど青白かった。

「最悪の朝だよ」

「そうですか。それで、結局未波さんを救うのは諦《あきら》めたんですか？」

サチヤは興味さなそうに欠伸《あくび》をしながら聞いてくる。昨晩、彼の不満が爆発したときは驚いたが、一晩眠ると忘れるタイプなのか通常営業に戻っていてほっと胸を撫で下ろす。

「いや、まだ迷ってる。てか、諦めたくない」

「もう時間がないのに、まだ迷ってるんですか？」

「お前がぎりぎりになってから余計な情報を寄越してくるからだろ。ほかに言い忘れたこと、もうないだろうな」

「ない……と思います」

はっきりしない言葉が返ってくる。あったとしても、サチヤのことだからきっと俺にとって有益な情報でないことだけは大体想像がつく。

サチヤは放っといて、姉から借りた『恋の名言集』の続きを読むことにした。すでに半分以上読み進めたが、意外と面白くて時に胸に響く言葉が綴《つづ》られているので、愛読書になりつつあった。文字数も少なめで読書が苦手な俺でもすらすら読めるところもいい。

この本もきっと、サチヤが現れていなければ読むことはなかっただろう。

しばらく時間を忘れて読み耽《ふけ》っていると、マーカーで厳重に囲ってある言葉があった。今までで一番の濃いラインが引かれている。

『恋とは、重大な精神疾患である』

断言しているところが潔い。恋に盲目な姉や仁志川を見ていると、たしかにそのとおりだと思った。恋は楽しいことばかりではなく、時に心を蝕《むしば》まれることもあるのだ。

失恋直後の姉なんかとくにそうだった。

その言葉は姉の胸に強く響いたのか、『ほんとそれ』と小さな文字が添えてあった。

本を閉じてベッドに横になり、壁掛け時計に目をやる。時刻は午前九時半を回ったところ。未波はそろそろバイト先へ向かった頃だろうか。家にいたくないからとはいえ、少し働きすぎじゃないかと心配になる。

今まで未波のことを少しも気にかけてこなかったくせに、なにを言ってるんだと心の中のもうひとりの自分が叫んでいる。

未波を大事にしてこなかったからこんなことになったのではないかと、自分を責めたくなった。

再びベッドから起き上がり、散らかっている勉強机の上を整理する。じっとしていられなくて、なにかしていないと落ち着かないのだ。

机の上には姉の部屋から拝借した数冊の本と、卒業アルバムが二冊乱雑に置かれている。

重たいアルバムを片付けようと引き出しを開けると、奥の方にB5サイズの小さな水色のノートが一冊あった。

「うわっ。懐かしいな」

ノートを手に取り、思わずひとりごちる。中学三年の夏頃、未波と交際を始めてすぐに彼女が交換日記をやりたいと突然言い出したのだ。交換日記は未波の母親が学生の頃に初めて交際した相手と交わしていたそうで、恋人ができたら自分もそれをするのが夢だったと未波は話していた。

当時の俺はお互いにスマホを所持しているのだから必要ないだろうと一度は断ったが、未波がどうしてもと言うので渋々付き合ったのだった。未波が俺にわがままを言ったのは、もしかするとそのときが初めてだったかもしれない。

筆不精を自認しているため、小さめのノートを提案したのは俺だ。でかい字で書けば、二、三行で済むとずるいことを考えた。

しかし始めたはいいものの、長続きせずに半年も経たないうちに終わったのを覚えている。というか、これが俺の部屋にあるということは、俺が強制的に終わらせたようなものだ。

未波はそれについて文句を言ってきたことはないし、俺が飽きてしまったのだろうと催促してくることもなかった。

どんなやり取りをしていたか、まるで覚えていない。読み返すのは恥ずかしい気もしたが、興味本位で最初のページを開いてみる。

『今日から交換日記を始めます！　こうちゃん、わたしのわがままに付き合ってくれてありがとう。ちゃんとサボらずに書いてね！

今日はとくに面白いことはなかったので、書くことはありません。こうちゃんは今日、なにかいいことはありましたか？』

なんとも読み応《ごた》えのない日記。初日からこれでは先が思いやられる。隣のページには、俺の最初の日記が綴られていた。

『今日はなにもなく、特筆すべき出来事はなし』

余白ばかりが目立つ短い日記で、ひとつもやる気が感じられない。未波は納得しないだろうと思ったが、次の日記には俺の短すぎる文章には触れていなかった。

『今日は放課後に図書館に行って、閉館時間ぎりぎりまで勉強してました。本当は塾に通いたいけど、お金がかかるから我慢してます。今度一緒に勉強しようね』

思い返せばあの頃の未波は、学校が終わると近くの図書館に足繁く通っていた。中三の夏頃は伯父夫婦のもとで暮らしていたと聞いているので、家に帰りたくなくて図書館に入り浸っていたのだろう。当時の俺は未波が悩んでいたことに気づけず、少しの疑問も抱くことなく図書館へ向かう未波を勤勉なやつだと感心していたのだ。

塾に通いたくても、伯父夫婦に金銭的に迷惑をかけてしまうと気を遣って言い出せなかったにちがいない。

　未波の異変に気づき、話を聞いてやれなかったことが悔やまれる。図書館が好きなわけでもないのに、自分の居場所を求めて通い詰めていたのだと今ならわかる。

『未波はほんとに図書館が好きだよな。涼しいし本とかパソコンとかあるから時間潰《つぶ》せるもんな。俺はああいう静かなところに行くとなんか大声を出したくなるから十分でギブ。勉強頑張れ』

　なにも知らなかったとはいえ、あまりの無神経さに辟易《へきえき》する。未波がどんな思いで図書館で過ごしていたか、当時の俺に教えてやりたかった。

『今日は三者面談だったね。こうちゃんのお母さん、やっぱり美人だよね。お姉さんにそっくりだった。いや、お姉さんがお母さんにそっくりなのか。こうちゃんのところは仲良し家族って感じでいいよね。また今度こうちゃんのおうちに遊びに行くね』

　未波の家庭問題を知っている今は、この日記から受ける印象ががらりと変わる。それに対する俺の日記は、さらに無神経さを露呈していた。

『べつに仲は普通だよ。ほかの家も大体こんなもんでしょ。未波は三者面談いつなの？　そういえば未波の親、見たことないかも。こっそり見たいから日にち決まったら教えて』

ほかの生徒にも当たり前のように親がいると思っていた浅はかな自分が恥ずかしくなる。

俺の記憶では、未波は担任とふたりで進路相談を行っていたはずだ。保護者が仕事で忙しくて来られないだとか、そんなことを話していた覚えがある。親ではなく、未波が保護者と口にした時点でおかしいと気づくべきだった。

知らなかったから許されることでもない。きっと問い詰めたら未波は話してくれたはずだ。彼女がわずかに発していたSOSを、俺はことごとく見落としていたのだ。

その後もなにげないやり取りが続いたが、次第に俺の日記の分量だけが減っていった。途中から面倒臭くなったのか、ひと言やふた言で済ませる日もあった。

『明日《あした》から夏休みだね。毎日学校で顔を合わせてたから、ちょっと寂しくなるね。でも海とか花火大会とか、お祭りとかあるから楽しみ！　蛍も見に行きたい！　夏休みの終盤にはこうちゃんの誕生日もあるしね！　なにか欲しいものある？　わたし、ケーキも作ってみるね！』

『夏休み最高。欲しいものはとくにないかな』

このときの自分を殴りたくなるような素っ気ない返事。未波がこんなに張り切っていたのだから、どうして同じテンションで返せなかったのか。二年前の俺の塩対応に腹が立ってくる。

結局俺の十五歳の誕生日には未波が夏風邪を引き、会えなかったのだ。そのことについて謝罪の文章も綴《つづ》られていた。

『こうちゃん、お誕生日おめでとう。さっきメッセージも送ったけど、ここでもお祝いしておくね。やっぱり自分の文字で書いた方が気持ちって伝わる気がするよね。

こうちゃん、生まれてきてくれてありがとう。こうちゃんの存在にわたしはいつも救われてるよ。来年はちゃんとお祝いするから、今日は会えなくて本当にごめんね。

これからもよろしくね』

その日未波は無理をして俺の家まで来たが、風邪を移したら悪いからとノートとプレゼントを郵便ポストに入れて帰ったのだった。

そのせいで風邪が悪化したのか未波の夏風邪は長引き、夏休みの後半は一度も会えなかった。

『夏風邪どんまい。今日は姉が作ってくれたケーキを食べた。おいしかった』

未波のことをちっとも心配していないような自分本位な文章が続く。自分の日記を読むのが苦痛になってきた。当時は気づいていなかったけれど、こうやって客観的に見るとふたりの温度差は明白だった。

『今日から二学期だね。こうちゃんの二学期の目標は？　わたしは最後の文化祭を思いっきり楽しむことと、受験勉強を頑張ることかな』

『とくになし。目標なんて決めたらそれ以上の成長は見込めないから』

『文化祭楽しかったね！　こうちゃんのクラスの合唱が一番すごかったと思う！　吹

奏楽部の演奏もよかったなぁ。あとはダンス部のパフォーマンスもかっこ良かった！　こうちゃんはなにが楽しかった？』

『校長のカツラがずれてたのが面白かった。以上』

その目も当てられないやり取りは十二月まで続き、最終的にノートを返さなかった俺のせいで交換日記は強制的に終了となった。

最後の十二月十九日の未波の日記は、今読み返してみると意味深な内容となっていた。

『もうすぐクリスマスだね。そのあとはお正月で、それが終わったらこうちゃんと付き合ってから半年記念のお祝いだね。

わたし、こうちゃんがいなかったら死んでたかもしれないから、本当に感謝してる。まだ少し早いけど、来年も、その次もずっとよろしくね』

『いや、なんでだよ。大袈裟《おおげさ》すぎるって、未波はいつも。てかそろそろこの交換日記やめない？　流行《はや》ってないから、今時こんなの』

返事はしっかり書いてはいるものの、未波に渡さずに引き出しの中に眠っていた。

改めて未波に対する俺の態度は、あまりにも酷《ひど》かったのだと反省しきりだった。

最後の未波の日記の一文はどういう意味だったのだろう。これを初めて読んだときは、また未波の天然が炸裂《さくれつ》してよくわからないことを書いているとしか思っていなかった。しかし今読んでみると、なにか含みのある文章であると読み取れる。

意図はわからないけれど、自分が最後に書いた日記を消して新たに書き直すことにした。あの頃はなにを書いたらいいか迷って時間がかかったが、今は自分でも驚くほどすらすら書けた。


『偶然このノートを見つけて最初から読み返してた。なんか俺の日記、つまらないし冷たすぎるな。それに、途中でノートを返さなくなって、無理やり終わらせてごめん。また今日から再開しよう。今度はちゃんと書くから。

あと、未波の最後の日記、俺がいなかったら死んでたかもって、どういう意味？　親戚《しんせき》の家にいるのが辛《つら》くて、死にたかったってことかな。俺の存在が未波にとって支えになっていたかわからないけど、これからもそうなるように頑張るよ』

書き終えて読み返してみると、今までで一番長い日記になった。日記と言うより、決意表明みたいなものかもしれない。

やっぱり未波を死なせるわけにはいかない。なんにも悪いことをしていない善良な人間である未波が、死んでいいわけがない。この交換日記を読んで、改めて未波への想いが強くなった。

そのとき、部屋のドアがノックされた。返事をする前にドアが開く。

「康介おはよう。これ、この本もおすすめだから貸してあげる。なにかわからないことあったらなんでも聞いて」

寝起きですっぴんの姉が数冊の恋愛教本を持って部屋に入ってきた。俺が最近その手の書籍を読み漁《あさ》っていることを知っている姉は、いつになく嬉《うれ》しそうだ。

「机の上に置いといて。読むかわからないけど」

「いや、読んでよ。ものすごくためになると思うから」

本を机に置いて部屋を出ていこうとした姉を、ふと思いついて呼び止める。

「もしもの話だけどさ、姉ちゃんの彼氏がもうすぐ死ぬとして、姉ちゃんが死ぬか、ほかの誰かを殺せば彼氏を助けられるとしたら、姉ちゃんならどうする？」

姉は俺を振り返り、「なにそれ」と当然の疑問を口にした。

サチヤに視線を送ると、「まあ、それくらいならいいでしょう」と目を瞑《つぶ》ってくれた。

「もしもの話だよ。昨日そういう漫画を読んでさ」

「そんなの、彼氏を助けるに決まってるじゃん」

少しも迷うことなく言い切った姉に驚いた。彼女はさらに続ける。

「人を殺すなんて無理だから、その二択なら私が死ぬかな。私、好きな人のために死ぬのが一番理想的な死に方だから」

「いやでも、自分が死んだらもう好きな人には会えないし、自分が死んだあとに彼氏がほかの人と付き合ったら最悪じゃない？」

姉は「馬鹿ね」と愚問とばかりに鼻で笑い、俺の机の上にあった一冊の本を手に取った。

「この本にも書いてあるでしょ。『誰かを愛することは、その人に幸福になってもらいたいと願うことである』って。私の好きな恋の名言のひとつ。好きな人の幸福は私にとっても幸福なことなの」

その名言が書かれているページを俺に向けながら、姉は胸を張って主張した。姉らしい考えだと思いつつ、けれど姉は当事者でないからそんな悠長なことが言えるのだと、恋愛脳の彼女に聞いたことを後悔した。

俺だって当事者でなければ、偽善者ぶって簡単に同じことが言えたにちがいない。姉の意見は、安全圏にいるからこそ言えたのだと思った。

「まあでも、実際そうなったらかなり悩むと思うけどね。私だって死ぬのは怖いし。でもたくさん悩んで、最終的にはそうすると思う。薄情な康介には無理でしょうけど」

姉は俺を小馬鹿にしたように笑って部屋を出ていった。たしかに恋人に異常なまでに尽くす姉なら、本当に自分を犠牲にするかもしれないと思えてきた。

ベッドに思い切りダイブし、意味もなく両手足をじたばたさせて子どものように暴れる。そんなことで気持ちが収まるはずもなく、虚《むな》しさだけが募っていく。

「お姉さんの性格上、本当にそうしていた可能性が高いです。姉弟《きょうだい》なのに、考え方は全然ちがいますね」

サチヤは手帳に目を落として言った。きっと姉の情報を読んでいるのだろう。サチヤの余計なひと言に、さらに自己嫌悪に陥る。

起き上がったり、また寝転がったり、勉強机の椅子に座ったりと落ち着かなくて部屋の中を忙《せわ》しなく動き回る。

「明日《あした》には記憶を消しますので、悩んでいるその時間は無駄だと思いますが」

見かねたサチヤがため息を吐き出すように言った。これ以上悩んでいるとまたサチヤの怒りが爆発してしまうかもしれない。

「そうだとしても、やっぱりただ時間が過ぎるのを待つなんて無理だって」

「じゃあどうするんですか。お姉さんのように、自分が犠牲になるんですか？」

サチヤのその問いには、なにも言い返せなかった。こんなにぎりぎりになっても自分の中で答えがまだ見つからない。

言葉を探していると、机の上にある一枚の紙片が目に留まる。

未波の夏休みにしたいことリストのメモ紙。それを手に取って確認してみると、まだだしていないことの方が多かった。

なにかに突き動かされたように交換日記とメモ紙をリュックの中に入れ、服を着替えて部屋を出る。

「どちらへ出かけるんですか」

サチヤの言葉は無視して自転車を走らせ、未波のバイト先まで急いだ。サチヤの問いかけに答えられなかったのは、自分でもなぜ家を飛び出してきたのか説明ができないからだった。ただじっとしていられなくて、気づけば走り出していた。

それともうひとつ。今朝読んだ名言集の中の一文が頭をよぎったのだ。

『愛は行動です。言葉だけではだめなんです』

二十世紀の大女優、オードリー・ヘプバーンの言葉。姉はその名言にもマーカーを引いていて、やけに印象に残っていた。

その言葉に触発されたわけではないけれど、あと二日しかないのだから後悔だけはしたくなかった。たとえすべて忘れてしまうとしても。

信号待ちの時間さえもどかしいほど、早く未波に会いたかった。目の前の信号は赤だが、車が来ていないことを確認してから横断歩道を渡る。

たったの一秒でも無駄にしたくなかった。

いつも未波と訪れる公園を通り過ぎ、彼女のバイト先の黄色の看板が見えてくる。店の前に自転車を停めると、迷わずに入店する。

「いらっしゃいま……あれ、こうちゃん？　また来てくれたの？」

出迎えてくれたのは未波だった。なにも答えずに未波のか細い腕を摑《つか》み、そのまま店の外へ走る。

「え？　ちょっとこうちゃん、どうしたの？」

「いいから、行くぞ」

困惑する未波を強引に連れ出し、自転車はその場に置いて近くのバス停まで走った。ちょうどバス停にバスが停車していたが、ドアが閉まって発車しようとしていた。

「乗ります！」と手を振りながら声を張り上げると、運転士が気づいてくれたのかドアが開く。ステップを駆け上がり、後方の席に未波と並んで腰掛けた。

「こうちゃん。わたし、バイト中だったんだけど。どうしよう、怒られちゃう」

呼吸を整えながら未波が力なく言う。理由を話さず強引に連れ出したことは申し訳なく思うけれど、もう時間がなかった。

「ごめん。でもほら、こんなに天気いいのに、バイトなんかしてたらもったいないと思ったから」

「そうかもしれないけど、でもそんなことで休むわけにはいかないよ」

正論で返されてなにも言えなくなる。

「わたし、次のバス停で降りるね」

「いや、待って。これから蛍を見に行こうと思ってさ。未波、前からずっと蛍見たいって言ってただろ。ちょっと遠いけど、今から行かない？　今日はもうバイト休んでさ」

「前にも言ったけど、今日じゃなくてもいいんだよ？　わたしは夏休みに行けたらいいなって思ってただけだから」

未波は困惑しつつも笑みを覗《のぞ》かせる。車内には次の停留所のアナウンスが流れたが、しかし未波は観念したのか背もたれに体を預け、降車ボタンは押さなかった。

「わっ、お店から電話来てる。降りたら謝らないと」

店から着信があったらしい。車内にいるため未波は電話には出ず、スマホに向かって手を合わせて謝罪していた。後ろの席には、いつの間にかサチヤの姿があった。

駅前で降車すると未波はバイト先に電話をかけ、ぺこぺこ頭を下げて謝っていた。

急用ができて早退すると告げたらしい。

「お店の服で来ちゃったけど、まあいっか」

白のシャツの上に緑色のエプロンを着けたままの未波は、目立つのでエプロンだけは外してそれを俺が預かり、とりあえずリュックの中に入れた。

それから電車に乗って蛍の群生地である隣の県の公園まで向かう。ここから電車を乗り継いで、数時間ほどかかる距離にあるところだ。

四人掛けのボックス席に腰掛けると、未波は怪訝《けげん》そうな顔で俺をじっと見つめる。

「ほんとにどうしたの、こうちゃん。最近ずっと変だよ？」

「そんなことないって。俺も一回くらいは生で蛍見てみたかったから。ちょうど今が見頃らしくてさ」

「ふうん、そっか。じゃあ、仕方ないから付き合ってあげる」

仕方ないと言いつつも嬉《うれ》しそうな未波。彼女は昔から夏になると必ず蛍が見たいと口にしていたのだ。バイトを抜け出してきた罪悪感よりも、これから蛍が見られるかもしれないという期待の方が勝ったのかもしれない。

「明日で終わりですね」

約二時間電車に揺られ、未波が眠りに落ちたタイミングを見計らってサチヤが口を開いた。

「そうだな」と小声で返すと、「どうするんですか」とサチヤは聞いてくる。

「言っただろ。未波は死なせないって」

「聞きました。それで、どうするつもりですか」

「……わかんない」

「わかんないって、明日ですよ？　そんなのんびりしたこと言ってる場合じゃ……」

「わかってるって。だから今考えてるんだよ」

サチヤの言葉に被《かぶ》せるように言い放つ。未波はもぞもぞと体をよじり、「なにか言った？」と目を覚ました。

「なんでもない」と返すと、未波は大きな欠伸《あくび》をした。

電車を降りて駅前のバス停からバスに乗り、田舎道を三十分ほど進むと目的地である公園が見えてくる。

公園に到着した頃にはすでに日は暮れていて、辺りは夜の帳《とばり》に包まれていた。公園内は広々としていて、蛍が現れるスポットまで少し歩かなくてはならない。

「二年ぶりだね、ここに来たの。今年は見られるかな」

薄暗い園内を進んでいると、未波がぽつりと言った。

中学三年の夏休み、未波とふたりでここを訪れたが、タイミングが悪かったのか蛍は見られなかった。帰り道、がっくりと肩を落として落ち込む未波を慰めながら帰ったのを覚えている。昨年の夏も見に行こうと誘われたが、遠いから行きたくないと断ってしまった。

　黙々と歩き続け、蛍が現れるという園内の川原に到着した。辺りは何種類もの虫の鳴き声が響いている。しかし、どこを見渡しても視線の先は真っ暗で、蛍らしき光はなかった。

「いないね、蛍」

「調べたら日没から数時間後が活動のピークらしいから、もうちょっと待ってみよう」

　わかりやすく落ち込んだ未波を励ますように以前調べた情報を補足する。もう少し上流の方かもしれないと、川の周辺を歩きながら蛍が現れてくれるのを待った。

「……そういえばさ、未波のお母さんってどんな人だったの？」

「お母さん？　どうしたの、急に」

「会ったことなかったから、どんな人だったのかなって」

　沈黙が続くと苦しくなって、とっさに質問をぶつけた。でも、前から気になっていたのだ。小学校の卒業式や中学校の入学式には出席していたのだろうけど、その頃は未波とほとんど接点がなく、彼女の母親が来ていたとしてもわからなかっただろう。

　未波は空を見上げ、どんな人かぁと呟《つぶや》く。

「んーとね、真面目で厳しい人だったよ」

「え、意外。未波みたいな、ふわっとした人なのかと思ってた」

「全然。うち母子家庭だったから、父親の分までひとりでわたしを育てなきゃって、気張ってたんだと思う。厳しいお母さんだったけど、わたしは大好きだったなぁ」

背後で手帳を開く音が聞こえる。きっとサチヤが暇つぶしで未波の母親の情報を盗み見ているのだろう。

「あとはね、超インドア派だった。休みの日は家で映画とかドラマばっか観てて、わたしも一緒になって観てた。その時間が好きだったな……」

未波は空から足元に視線を落とす。声の調子も落ちていて、無神経な質問だったかもしれないと今になって聞いたことを後悔した。

「うちの母さんもけっこう厳しいよ。勉強しろ勉強しろってうるさいし、そのくせ姉ちゃんには甘いし……」

気まずい空気を払拭《ふっしょく》しようと戯《おど》けてみたけれど、その話題を出せば出すほど未波に辛《つら》い思いをさせてしまうのではないかと、続く言葉が出てこなくなる。

「高坂恵美《めぐみ》。享年三十二歳。十八歳で未波さんを出産したあと、働きながら通信制の高校を卒業し短大の看護学科に通い、二十三歳のときに看護師になる。両親の協力のもと未波さんを育て、三十一歳で血液の癌が見つかる。未波さんには内緒で治療を続けたものの発見が遅かったために約一年の闘病の末、死去。未波さんに心配をかけないように最後の最後まで病気のことを隠していたようです」

流れた沈黙の合間を縫うように、サチヤがひと息に捲《まく》し立てる。

「未波さんを残してこの世を去ると知った恵美さんの心情は、想像を絶するものだったでしょうね。きっと未波さんを不安にさせたくなくて最後まで言えなかったんだと思います」

ここぞとばかりにサチヤは続ける。それ以上は聞きたくなかった。

「お母さんは幸せだったのかな」

サチヤがさらに続けようとした声に被せるように、未波が足を止めて口を開く。俺も自分からこの話題を振っておきながら今さら逃げるわけにはいかなかった。

「わかんないけど、未波がこんなに立派に育って、天国で喜んでると思うよ」

そう言いつつ、未波は明日《あした》死んでしまうのだと思うと、胸が詰まって息がまともにできなくなりそうだった。未波を死なせないとサチヤに宣言したのに、未《いま》だに決断できずにいる自分が情けなく、じんわりと目頭が熱くなる。

「お母さん、喜んでくれてるのかな」

未波は再び空を見上げ、亡き母親を探すように視線を彷徨《さまよ》わせる。そんな未波の姿を見て、瞳《ひとみ》の端から熱いものが零《こぼ》れ落ちた。

「なんかしんみりしちゃったね。そこの自販機で飲みもの買って……こうちゃん、泣いてるの？」

俺の涙に気づいた未波は途端に表情を曇らせ、心配そうに顔を覗《のぞ》き込んでくる。

目にゴミが入っただけだよ、とごまかした声が涙声になって、もう言い訳はできなかった。

「ごめん、わたし変なこと言ったかな。泣かないでこうちゃん」

「いや、そうじゃなくて。未波、大変だったんだなって思うと、なんか泣けてきた。今までなんにも知らなくてごめん。知ろうとしなくて……ごめん。冷たく接してばかりでごめん」

未波を憐《あわ》れむ気持ちと、未波が死ぬとわかるまで向き合ってこなかった自分が悔しくて、涙が止まらなかった。

「こうちゃんは悪くないよ。わたしの方こそ悲しませちゃってごめん。もっと早く話したらよかったね」

言いながら未波も涙を流した。ごめん、ごめん、とお互いに謝り続け、ふたりで泣いた。

ふと、リュックの中にポケットティッシュが入っているのを思い出した。手を突っ込んでリュックの中を漁《あさ》っていると、一冊のノートが手に触れる。

「あ、そうだ。これ、今日の朝見つけたんだけど」

中学の頃、未波と交わし合った交換日記。元はこれを未波に渡したくて会いに来たのだった。

未波はそれを受け取ると、「懐かしい」と涙を拭《ぬぐ》って囁《ささや》いた。

「それもずっと返してなくてごめん。また再開しよう。今度はちゃんと書くから」

未波は大事そうにノートを胸に抱き、涙を流しながら何度も頷《うなず》いた。

なんで未波まで泣くんだよ、と彼女の頭を撫《な》でる。そうすると未波は、ごめんね、とまた謝りながら笑顔を見せて涙を流し続けた。

そのとき、淡い光が目の前を横切った。目を凝らしてみると、その光は暗闇の中で輝きを放っていて、いつの間にかあちこちで緑光が飛び回っていた。

「わっ、こうちゃん見て！　蛍！」

泣いていた未波は前方に指をさし、「やっと見れた、どうしよう！」と子どものようにはしゃぎだした。その変わりように口元が緩む。

ふわふわと雪のように蛍が舞っている様子を、しばらくの間黙って未波とふたりで眺めた。一定のリズムで明滅しながら飛び交うその光景は幻想的で、気づけば辺り一面に数多《あまた》の蛍が漂っていた。

まるで生命の神秘そのもののようで、あまりの美しさに鳥肌が立った。

ゆらゆらとたゆたうように飛んできた一匹の蛍が、未波の手のひらに止まる。未波の顔が蛍の淡い光に照らされる。

「知ってる？　蛍が光るのは、相手に居場所を知らせて、自分を見つけてほしいからなんだって。暗闇の中にいると孤独で、誰も気づいてくれないから蛍は光るの。こうちゃんがわたしを見つけてくれたのは、わたしも誰かに見つけてほしくて、蛍みたいに光ってたからなのかな」

メルヘンチックな未波らしいひと言に、そうかもな、と返した。彼女の手のひらに止まった蛍は、数回明滅したあとに飛び立ち、闇の中に溶けるように消えていった。

未波はスマホを手に取って写真や動画を何枚も撮り、一生の思い出だ、と破顔して呟いた。

「蛍って成虫になってから二週間しか生きられないんだって。だから、相手が見つかっても二週間しか恋できないってことだよね。ちょっと可哀想」

「……べつに蛍は恋をするわけじゃないだろ。ただ子孫を残すだけなんだから」

「そうかもしれないけどさ」

未波は写真を撮りながら不貞腐《ふてくさ》れたように唇を尖《とが》らせる。正論で返してしまい、せっかくのムードが台無しで口にしたそばから自分の無神経さに呆《あき》れる。

未波は押し黙ったまま蛍の観察を続ける。彼女の話を聞くまで、蛍がそんなに短い時間しか生きられないなんて知らなかった。たったの二週間の恋なんて、まるで俺と未波のようだと思った。この十三日間が終わると、俺と未波の恋も終焉《しゅうえん》を迎えるのだ。

短命の蛍と未波の境遇が重なって見えて、蛍の光が途端に儚《はかな》いものに映った。

未波はうんと手を伸ばし、蛍を摑《つか》もうと試みるが、彼女の手に再び蛍が止まることはなかった。

「また夏休みになったら来よう。ふたりでさ」

帰り道、名残惜しそうに後ろを振り返って蛍を見ている未波に声をかける。長居していると終電に間に合わなくなってしまうので、数十分だけ蛍を観察してから帰ることにした。

「……そうだね。またふたりで来れたらいいね」

スマホで撮った動画を見返しながら未波は相槌《あいづち》を打つ。彼女の綺麗《きれい》に切り揃えられた髪が、さらさらと夜風になびく。

またふたりでここへ来るには、誰かの命を犠牲にしなくてはならない。でも、無関係の人の命を奪って得た幸せなんて、きっと未波は喜んでくれないだろう。

帰りの電車では、初めて蛍を見た余韻に浸っているのか、未波の口数は少なかった。

未波を自宅へ送り届け、俺が帰宅したのは夜の十時を回った頃。蛍を目にしたときの彼女の笑顔を思い出すと、改めて無理やりにでも連れ出してよかったと今日だけは自分を褒めてやりたい。

「それで、答えは出たんですか？」

机に向かって考え込んでいると、定位置で体育座りをしたサチヤが最終確認をするかのように問いを投げかけてくる。

返事を保留していると、机の上の一冊の本が視界に入る。

『人を好きになることとは』

それは姉の部屋から最初に持ってきた一冊。まだほとんど読み進めていなかったが、今はもう自分の中でひとつの答えを導きだしていた。

「……決めたよ。…………俺が未波の身代わりになる」

「本当にそれでいいんですか？」

たっぷりと溜《た》めをつくって宣言したのに、サチヤは少しも驚く様子を見せず、いつもと変わらない落ち着いた口調で聞いてくる。きっと死神にとってはどちらでもかまわないのだろう。

「俺さ、将来の夢とかないし、ただ毎日を惰性で生きてるだけだから、正直いつ死んでもいいと思ってた。それだったら未波が生きた方がいいだろ。未波には立派な目標があって、優しくてバイト先でも頼りにされてる。友達もいるし、どう考えても俺が死んだ方がいい」

言い終えて悲しくなった。自分を納得させるための言葉でもあったが、どれも正しくてますます俺が死ぬべきだと思えてくる。

そんなことはないと慰めの言葉を期待したが、「それもそうですね」とサチヤは感心したように頷くのだった。

でも、とサチヤは続ける。

「青柳さんが死んだら、残された未波さんはどうなるんですか。母親が亡くなり、そのうえ恋人である青柳さんまで亡くなったら……。未波さんはたった数年で大切な人をふたりも喪《うしな》ったことになります。そのあたりも考えたのですか？」

サチヤの言葉がぐさりと胸を刺す。いつ死んでもいいと思っているのは事実だが、実際未波を残していってしまうのが気がかりで決断がこんなに遅くなったのだ。

「それでも未波が死ぬよりはマシだろ。時間が経てば俺のことなんか忘れるだろうし、案外すぐに新しい恋人ができるかもな」

「そうですか。まあ、僕は持ち帰る魂がひとつあればそれでいいのですが……」

サチヤはまさか俺がそんな選択をするとは想像もしていなかったのだろう。彼は釈然としない様子で、まだなにか言いたそうにしていた。

「なんか不服か？」

「いえ。手帳によると青柳さんは薄情な人間と記されてありましたので」

「なんだよそれ。書き直しとけよ」

サチヤに言い捨ててから手元の本に目を落とす。

——人を好きになることとは。

自分の命を捨ててまで相手に幸せになってほしいと思えることこそが、それなのだと思った。

おそらくこの本にはちがうことが書かれているのだろうけど、人を好きになることとはそういうことなのだと、十二日間かけてようやく気づけた。

きっと人の数だけ答えがあって、どれも正解で不正解であるのかもしれない。少なくとも俺はそれが正解だと信じている。

本を戻し、部屋の明かりを消してベッドに潜る。なんだか眠れなくてサチヤに声をかけてみたが、彼はすでに寝息を立てていた。

誰かに電話をかけて落ち着かない心を静めようと思っても、スマホは手元にないのだった。

諦《あきら》めて目を瞑《つぶ》ると、未波と過ごした日々が蘇《よみがえ》ってくる。

もっと早く彼女と向き合っていれば、と後悔するのと同時に、ちゃんと未波のことを好きになれてよかったと安堵《あんど》する気持ちが胸の中で混ざり合っていた。

どちらかというと後者の思いの方が強く、最後の夜は穏やかな気持ちで眠りにつくことができた。

第五章

目覚まし時計の懐かしいアラーム音で目を覚ました。いつもはスマホのアラームで起床していたが、壊れて失くしてしまったので昨晩寝る前に昔使っていた時計に電池を入れてセットしたのだ。

ジリリリリ、と耳元で鳴るそれを止める。小学生の頃は毎朝この音に叩《たた》き起こされて不快だったが、今聞くとそこまで悪くはなかった。

部屋の片隅ではサチヤがお馴染《なじ》みの姿勢で眠っている。この光景も今日で最後なのだと思うと、少し寂しい気もした。

俺にとっても今日が最後の一日だった。昨日の今日で決断したものだから未《いま》だ実感がなく、不思議と心は穏やかだった。

窓辺に立ってカーテンを開ける。空は青と白の割合が半々で、太陽は白の向こうに隠れていた。

「おはようございます。いい朝ですね」

目を覚ましたサチヤはお決まりの挨拶《あいさつ》とともに立ち上がり、両手を伸ばして大きく伸びをする。その拍子にフードがずり落ち、初めて彼の頭部が露《あら》わになった。

「なんだ、やっぱただの中学生じゃん」

「ちがいます。僕は死神です」

サチヤは慌ててフードを被《かぶ》り直す。もしかすると死神らしくない幼い容姿を隠すためのフードなのかもしれなかった。

「それはもういいって。それよりさ、俺が未波の犠牲になるって宣言すれば魂を吸い取ったりできないの？」

「先日も言いましたが、死神にそのような力はありません。どうぞ、ご自身で死んでください」

「やめろよその言い方。お前友達いないだろ」

いません、と躊躇《ためら》うことなくきっぱり言い切るところが清々《すがすが》しかった。ある程度予想はしていたが、自分で死なきゃいけないのはハードルが高い。

「あれ、でも俺が誰かにサチヤのことを話したら死ぬって言ってたよな。あれはどうやって死ぬんだよ」

「あれは嘘です。話されたら困るのでそう言いました」

少しも悪びれる様子もなく言い放つものだから、呆《あき》れて怒る気にもならなかった。

「信じる人なんていないだろうから、最初から言うつもりはなかったけどな。ていうか、人を殺すか自殺をするしかないって、その条件ならほとんどの人が大切な人を諦めるようにできてるシステムじゃん。厳しすぎるって」

「もともとの制度は本人にだけ告げるもので、そもそも死を回避できるような選択肢はありませんでしたから。新たな制度はそれを慈悲で付与したものですので、たやすい条件のはずがありません」

サチヤは淀《よど》みなく早口で捲《まく》し立てる。頭痛がしてきたので考えるのは放棄して服を着替え、一階に下りる。

納得いかないまま朝食を済ませて自室に戻り、身支度を整えてから再度リビングに向かう。

未波の身代わりになると決めたのだから、家族と顔を合わせるのは今日で最後になる。臆《おく》さずに実行できたらの話ではあるけれど、家を出る前に挨拶くらいはしておこうと思った。

「あのさ、ちょっといい?」

流しで洗い物をしている母と、まだ朝食を摂《と》っている姉と、ソファに座って新聞を広げている父が一斉に俺に目を向ける。

「どうしたの、康介」

母が蛇口の水を止めて聞き返してくる。

「いや、大したことじゃないんだけど……。いつもありがとうって急に言いたくなって。母さんは毎日ご飯作ってくれてるし、父さんは仕事頑張ってるし、姉ちゃんは……化粧とか必死に頑張ってるし」

三人ともきょとんと同じ顔で俺を見つめたまま固まったが、一瞬の沈黙のあとに同時に笑った。

「どうしたの、康介。あんたがそんなこと言うなんてお母さんびっくりしちゃった」

「珍しいこともあるもんだな」

「いや頑張ってるけど化粧以外のことで褒めてよ」

三人とも照れくさそうにしていたが、声色に嬉《うれ》しさが滲《にじ》んでいた。

「今日の晩ご飯は康介の好きなオムライスだから、早く帰ってきなさいよ」

「……うん、わかった」

笑顔で答えてリビングを出る。あと数秒その場にとどまっていたら、きっと泣いていたかもしれない。

母の自転車に乗って朝から蒸し暑い通学路を走り抜ける。盗まれた自転車や壊れて失くしたスマホは新しいものを買おうと考えていたが、もうその必要もなくなった。

進路や将来のことはなにも考える必要がないのだと思うと、張り詰めていた緊張が一気に解《ほぐ》れたように肩が軽くなった気がした。

高校の最寄り駅で自転車を停め、未波が現れるのを待った。未波は電車通学なので いつもこの駅で降りてから徒歩で学校まで向かうのだ。せめて今日くらいは一緒に登校しようと思った。

しばらく待っていると、未波がひとりで駅舎から出てきた。

「あれ、こうちゃん？　どうしたの？」

ハンディファンを手に持った未波は、俺を見つけるなり目を丸くして言った。

「たまには一緒に行かないかと思ってさ」

「そっか。ありがとう」

未波とふたり乗りをして学校まで走る。背中に感じるこの温《ぬく》もりも最後なのだと嚙《か》みしめながら。

「おい、ふたり乗り禁止だぞ！」

生活指導の教師が校門の前で待ち構えていたので未波を降ろし、すみませんとふたりで謝った。

「こうちゃん、わたし今日バイト休みだから、放課後映画観に行かない？」

「あー、ごめん。実は今日用事があって、一時間目の授業が終わったら早退するつもりでさ」

「え、そうなの？　なんの用事？」

「ちょっと野暮用で」

「そっか。じゃあまた今度だね」

未波は残念そうに呟《つぶや》く。今度が来ることは決してないのだから曖昧《あいまい》に頷《うなず》いてごまかすしかなかった。


一時間目の英語の授業が終わったあと、教科書とノートを鞄《かばん》に詰め、早くも帰り支度を始める。今日はいくつか用事をこなしてから死ぬつもりだった。

「青柳、早退すんの？」

後ろの席の仁志川が身を乗り出して聞いてくる。大事な用事があると告げると、サボりだろ、と彼は呑気《のんき》に笑った。

「仁志川ってさ、花丘のために死ねる？」

その唐突な質問に、仁志川はなんだよそれ、と唾《つば》を飛ばした。

「よく漫画とかドラマであるじゃん。君のためなら死ねる、みたいな台詞《せりふ》。あれってほんとなのかなって」

「ああ、あるある。要はそのくらい好きってことでしょ。でもまあ、俺も紗希ちゃんのためなら全然死ねるけどな」

期待していた言葉が返ってきて安堵《あんど》する。本当に死ねるかは疑わしいけれど、彼がそう断言してくれたおかげで背中を押されたような気になった。

「青柳は？　高坂のために死ねるのか？」

「死ねるよ」

そう断言し、未波を一瞥《いちべつ》してから教室を出る。彼女はどうしてか不安そうな顔で俺を見て、小さく手を振った。

「康介くん、帰るの？」

廊下を出てすぐのところで、今度は東城に呼び止められる。

「ちょっと用事があって」

「そうなんだ。少しだけ時間ある？　話があるの」

腕時計に目を落とし、少しくらいならいいかと東城のあとを追い、屋上に行くことになった。

無言で階段を上がって屋上に出ると、東城はフェンス際まで歩いてゆっくりとこちらを振り返る。暑いね、と彼女は振り向きざまに零《こぼ》した。たしかに暑いけれど、太陽が隠れている分いくらかマシではあった。

「それで、話って？」

「あ、うん。時間ないみたいだから単刀直入に言うね。もう気づいてると思うけど、私、前から康介くんのこと好きだったの。悩んでたときに相談に乗ってくれて、康介くんが彼氏だったらなっていつも思ってた。高坂さんとはまだ続いてるみたいだけど、それだけは伝えたくて」

真っ直ぐに俺の目を見つめて熱い気持ちをぶつけてくるものだから、途中から視線を逸《そ》らしてしまった。いや、本当は彼女に対する後ろめたさから逃れたかったのかもしれない。

サチヤが現れる前は、東城に気持ちが傾いていたのは紛れもない事実だった。もしかするとそれまで、俺は彼女に対して無意識に思わせぶりな態度を取っていたかもしれない。

未波との交際が苦痛で、早く別れたいと彼女に愚痴って期待させたのもいけなかった。サチヤが現れていなかったら、今頃東城と付き合っていた可能性もあったのだ。

東城の気持ちに気づいていながら、曖昧な態度を取り続けていたのもよくなかった。

もうごまかすのはやめて、俺も彼女の気持ちに真摯《しんし》に向き合ってはっきり伝えるべきだと思った。

俯《うつむ》いていた顔を上げ、東城と正面から向き合う。

「ありがとう。でも、ごめん。俺、やっぱり未波が好きだから、東城とは付き合えない。前は別れたいって思ってたけど、今はそんな気持ちはなくて。むしろ前以上に未波のことが好きになったんだ」

　視線を逸らさずに、しっかりと自分の思いを告げた。東城は薄《うっす》らと目に涙を浮かべていたが、強張《こわば》っていた表情を緩めて微笑んだ。

「そっか。残念だけど、はっきり言ってくれてよかった。ずっともやもやしてたから、これで私もやっと次に進める」

　どこか吹っ切れたように彼女の表情は明るかった。俺がはっきりしないばっかりに、ずっと彼女を苦しめていたのかもしれなかった。

「ほんとにごめん。でも嬉しかった。未波以外で俺のことを好きって言ってくれた人、東城が初めてだったから」

「謝らないでよ、惨めになるから。ていうか私でふたり目って、康介くんあんまりモテないんだね」

　東城はぷっと噴き出し、俺も一緒になって笑った。こういうサバサバしたところも彼女の魅力のひとつだった。

「私も高坂さんに謝らないと」

「謝る？　どうして？」

「康介くんを奪うようなことしたから。それに酷《ひど》いことも言っちゃったから」

　酷いことって？　と問いかけた声がチャイムの音でかき消された。戻らないと、と東城は屋上の出入り口へ歩いていく。

「高坂さんのこと、これからは大事にしなよ」

そのつもりだよ、と返事をすると彼女は扉を開け、こちらに笑みを向けてから出ていった。

誰もいない屋上で少しの間、黄昏《たそが》れてからその場をあとにする。帰る前に職員室に立ち寄って律儀に早退届を提出してから早退した。

無断で帰ってもよかったが、今日はなんとなく手順を踏んでから早退しようという気持ちになった。

今日で最後なのだから、少しでも人と触れ合いたいという寂しさからきた行動かもしれない。

自転車に乗って、まずは未波の自宅へと向かう。

長い距離を走り、玄関前に自転車を停めたはいいものの、そこからインターホンを押すまでにしばし時間を要した。

「ここへなんの用ですか？　未波さんは今、学校のはずですが」

見かねたサチヤが、未波が住む一軒家を見上げて疑問を口にした。

「用があるのは未波じゃなくて、家の人だよ」

サチヤは小首を傾げる。不在であれば手紙を書いてポストへ投函《とうかん》しようと思っていた。というか、むしろそっちの方が気楽でよかった。

腹を決めて恐る恐るインターホンを押すと、「はい」と聞き覚えのある女性の声がした。

「未波と同じクラスの青柳です。先日はどうも。ちょっと未波のことでお話がありまして……」

短く来意を告げると、不穏な沈黙が流れる。インターホンのカメラのレンズ越しに睨《にら》まれている気がした。

少しして、がちゃりと通話を切られた。拒絶されたのかと戸惑っていると、玄関のドアが開く。

「どうぞ、上がって」

未波の伯父の奥さんが顔を出し、家に上げてくれた。少しやつれていて、顔色もあまりよくない。

広いリビングに通されると、座るように促されてソファに腰掛ける。

「コーラとジンジャエールとウーロン茶があるんだけど、どれがいい？」

彼女は冷蔵庫を開けると、こちらを振り向いてそう聞いてきた。

「じゃあ、ジンジャエールで」

氷がたっぷり入ったジンジャエールを差し出されると、お礼を言ってから口をつける。甘さが控えめで生姜《しょうが》の風味が強く、俺の嫌いな辛口タイプのジンジャエールだった。

「それで、話というのは？」

さっそく切り出され、一度姿勢を正してから口を開く。

「えっと、未波のやつ、こちらの家に来てからずっと悩んでるらしくて。居場所がないだとか、従兄妹《いとこ》ともうまくいってないとかで、もう少し未波のことも気にかけてあげてほしくて……。生意気言ってすみません。ただ未波が心配なだけで……」

彼女の顔は見られず、視線を下げてぺこぺこしながら用件を伝えた。俺が死んだあと、もっと未波が生きやすくて、彼女にとって優しい世界が続いてくれたらと、その一心で頭を下げに来たのだ。

まずは一番未波に近い距離にいる同居人に自分の思いを告げた。もしかすると俺がこうすることによって未波が不利益を被ることになるかもしれないと考えたが、このままなにもせずにはいられなかった。

「……そう。未波ちゃん、やっぱりそんなふうに思ってたのね」

彼女は深く息を吐き出し、俯きがちに続けた。

「私もね、あの子とどう接していいかわからなくて。息子と娘ともうまくいってなくて、主人は家のことに無関心で。正直、家庭崩壊に近い感じなの、うちは」

想定もしていなかった告白に、頭が真っ白になった。てっきり未波以外の家族は皆仲が良く、未波だけが除《の》け者にされているのだと思っていた。

「未波ちゃんがこの家に来たときは、もしかすると家族関係も少しは良くなるかなって期待してたんだけど、未波ちゃん、お母さんを亡くしてから塞《ふさ》ぎこんじゃって。息子も娘も未波ちゃんを預かることに不満を持ってて、結局なにも変わらなかった」

渇いた喉《のど》を潤そうとジンジャエールを口に含む。苦手な味が口いっぱいに広がっていき、おかげで少しは冷静になれた。

「そうだったんですね。未波は家族全員から疎まれてると思ってたので、おばさんはそうじゃなかったんならよかったです」

「ええ、もちろん。未波ちゃんがそんなふうに思ってたなら、もう少し歩み寄ってみようかな……。拒絶されるかもしれないけど……」

「大丈夫だと思います。未波の方も嫌われてると思ってるから、そうじゃないと伝えてくれるだけでもいいので」

わかったわ、と彼女は優しく微笑んでくれた。その後彼女は、家での不満を爆発させた。

大学生の息子さんはゲームに夢中で引きこもってばかりで、中学生の娘さんは受験勉強そっちのけで推しのアイドルグループに心酔。そのことで一度口論になってからはまともに口を利いていないらしい。家族間での会話も少なく、彼女も肩身の狭い思いをしていた。

余程話し相手に飢えていたのだろう。彼女の愚痴は止まらなかった。夫の帰りが遅いだの、子どものことは任せっきりだのと次から次へと不満を吐き出していく。

このあとも予定があるため、「未波も話すのが好きだから、続きは未波に聞かせてあげてください」と切りの良いところで告げた。

ジンジャエールを一気に飲み干し、ごちそうさまでしたと小さく会釈する。この家に未波のことを気にかけてくれる人がひとりでもいるなら安心した。従兄妹たちとは時間をかけて打ち解ければいい。

心優しい未波なら、きっと大丈夫だと思った。

「突然お邪魔してすみませんでした。未波のこと、よろしくお願いします」

玄関先で改めてお礼を言い、辞去した。

「素敵な彼氏さんを持って、未波ちゃんは幸せ者ね」

去り際の彼女のひと言に、再度頭を下げてドアを閉じた。

「次はどちらへ？」

自転車に跨《また》がると、少し遅れて玄関のドアをすり抜けてきたサチヤの声が背後から届く。

「俺んちの近くだよ」

素っ気なく告げてから自転車を次の目的地へと走らせた。

そこから自転車で数十分。古ぼけた一軒家の前でブレーキを握ると、二階のベランダで洗濯物を干している女性と目が合った。

「あれ、あなた、たしか結貴の友達の……」

「こんにちは、青柳です。結貴さんいますか？」

中学の頃、未波と一番仲が良かった鈴井結貴の自宅を訪れた。彼女は高校も不登校気味らしく、今日も自宅にいると踏んで立ち寄ったのだ。

「ちょっと待ってね」

鈴井のおばさんはにこりと微笑んで奥へ引っ込み、数分玄関の外で待っているとドアが開いた。

「あ、どうも。また来ました」

ひょっこりとドアの隙間から顔を出した鈴井に控えめに挨拶《あいさつ》する。

な、なんの用ですか、と彼女はつっかえながら言った。

「大した用じゃないんだけど、未波のことよろしくってもう一度伝えたくて。あいつ、鈴井に会いたいって言ってたから」

「あ、この前未波ちゃんから連絡きました。それで今度遊ぶ約束したんですけど、もしかしたら会えないかもしれないって未波ちゃんに言われて……。でもちゃんと謝りました。私のせいで未波ちゃんがいじめられるようになったこと。そしたら未波ちゃん、全然怒ってないよって言ってくれました」

青柳くんのおかげです、と彼女は付け加えて小さくお辞儀をした。彼女の言葉に、引っかかる部分があって問いただした。

「会えないかもしれないって、どういうこと？」

「み、未波ちゃんバイトが忙しいみたいで、なかなか休みが取れないらしくて。たぶんそれで会えないかもって言ったんだと思います」

「……そっか」

それじゃ、と彼女はドアを閉めた。なにか腑《ふ》に落ちないまま踵《きびす》を返し、再び自転車に乗って次の目的地へと向かう。

時刻は正午を回った。残り六時間と少し。ファストフード店で腹ごしらえをしてこのあとの予定に備えた。これが最後の食事になるかもしれない、なんて思いながら。

「それにしても未波のやつ、なんで遊べないかもって鈴井に言ったんだろうな。バイト休みの日に遊んだらいいのに。やっぱり怒ってんのかな、鈴井のこと」

ハンバーガーを頰張りながらサチヤに問いかける。

「さあ、どうでしょうね。青柳さんとの時間を優先したいのかもしれませんね」

そんな会話をしつつ、雑貨屋や本屋で時間を潰《つぶ》してから市内の私立高校へ自転車を走らせた。

そこは中学の頃未波と仲の良かった田中と中田が通っている高校で、最後に彼女らにも挨拶をしておこうとここまでやってきたのだ。以前彼女らを怒らせてしまったので、会ってくれるかはわからない。スマホがないので会う約束を取り付けることもできず、校門の前でふたりを待つことにした。

やがて下校時間になり、続々と生徒たちが賑《にぎ》やかに校門の前を通り過ぎていく。しかし田中と中田が現れる気配はなかった。

「そういえばあいつら、テニス部だとか言ってたな。てことはまだまだ来ないかも」

昇降口から出てくる生徒たちに目を向けつつ、サチヤに同意を求めたが返答はなかった。

「あれ、青柳じゃん。お前なにしてんの？」

耳にピアスを付けた黒髪のマッシュの男子生徒が俺の名前を呼んだ。

どちら様ですかと聞き返すと、俺だよ俺、と彼は親指で自分を指した。

「藤原《ふじわら》だよ」

「ああ、藤原か」

中学のとき同じクラスだった藤原らしい。当時は坊主頭で眼鏡をかけていたし、身長も十センチ以上は伸びていて気がつかなかった。真面目な生徒だったが、今は制服を着崩しただらしない格好をしている。

「久しぶり。藤原ってここの高校だったんだ。実は田中と中田に用があってさ、悪いんだけど呼んできてくれない？」

顔の前で手を合わせて懇願すると、「いいよ」と彼はスマホを片手に電話をかけ始めた。

「あ、中田？　同じ中学だった青柳が来てるんだけど、ちょっと外出てこれる？　田中と一緒に。そう、校門にいるんだけど」

中田は一度は断ったものの、結局折れて来てくれることになった。藤原にお礼を言うと、彼は手を振って去っていく。

変わりすぎだろ、などと呆《あき》れていると、ジャージを着用した田中と中田のふたりがやってきた。

「今日はなんの用？　うちらこれから部活なんだけど」

開口一番の中田のきつい口調に背筋が伸びる。隣の田中はまあまあ、と中田を宥《なだ》めた。

「この前のこと謝りたくて。それと、未波のことをよろしくってもう一度伝えたくてさ。夏休みでいいから、あいつと遊んでやって。それだけ言いに来ただけだから。部活の邪魔してごめん。それじゃ」

一方的に用件を伝えて立ち去ろうと背を向けると、「待ちなよ」と中田に呼び止められる。

「言われなくてもそうするし、前も言ったけどもともと未波とは夏休みに遊ぶ予定だったから。この前未波に連絡したんだけど、こうちゃんが失礼なこと言ったみたいでごめんって謝られたよ。最近変だって心配もしてた。よくわかんないけど、未波のことこれ以上不安にさせたら、うちら許さないから」

中田はひと息に言うと、「行くよ」と田中の腕を引っ張って校内へと戻っていく。

「ごめんね」と田中は俺に気を遣いつつ、肩を怒らせた中田を宥めていた。

ある程度きついことを言われるだろうと予想はしていたので、これだけで済んでよかったと胸を撫《な》で下ろす。俺の失態を未波が謝ってくれたおかげで中田の怒りも少しは収まったのだろう。それよりも、中田の最後の言葉が嬉《うれ》しかった。未波のことを心配して、きっと大切に思ってくれているのだ。

彼女らの背中を見送ってから自転車を押して来た道を戻る。

今日はほかにも数人に会いに行こうと思っていたけれど、もう十分だった。未波のことを大切に思ってくれている人が何人もいて、心残りはなかった。

腕時計に目を落とすと、未波が死ぬ時間まで残り二時間を切っていた。

「満足しましたか？」

隣を歩くサチヤが眠たそうに言った。

「ああ、もう大丈夫。仁志川と花丘もいるし、俺以外にも未波のことを大切に思ってくれてる人はいっぱいいたよ。これで安心して死ねる」

「そうですか」とサチヤは相槌《あいづち》を打ち、「本当にいいんですか」と最終確認をするように聞いてくる。

「いいって。欲を言えば最後に未波に会いたかったけど、もう時間ないし」

前方に見えてきた駅の駐輪場に自転車を停め、深く息を吐き出してから駅舎に入る。

改札口を通り、プラットホームに出て快速列車を待った。高所からの飛び降りや首《くび》吊《つ》りなども考えたが、失敗して運悪く生き残ってしまったら未波が死ぬことになる。そうならないように、確実に死ねるであろう快速列車への飛び込み自殺を選んだ。

ホームには学校帰りの学生の姿が多く、きっと誰もが今から凄惨《せいさん》な事故が起こるとは夢にも思わないだろう。

タイミング良く、ここから飛び出すだけでいい。これは人助けなんだ。

早鐘を打ち始めた胸に手を当て、そう自分に言い聞かせた。

ベンチに腰掛けて背筋を伸ばし、そのときが来るのをじっと待つ。俺が死んだら未波はどう思うだろう。それに両親や姉も、悲しむのと同時に、勝手に死んだことに対して怒りも湧いてくるのだろうか。

遺書を残してそこに理由を書いておこうかとも考えたが、それも規則違反だとか言ってサチヤが破棄するのかもしれない。

「ほんとにやるんですか？」

サチヤはまた、しつこく確認してくる。返事をする余裕はなかった。

やがて快速列車が通過するとのアナウンスが流れ、重い腰を上げて線路の方へ向かって歩いていく。

しかし、いざ快速列車がやってきても、足が一歩も動かずに見送ってしまった。

「今の、でしたよね。行っちゃいましたけど」

サチヤが通り過ぎていった列車を目で追いながら急《せ》かすように言う。

「どんなもんか確認しただけだよ。次が本番だから」

そうは言ったものの、足が動かずにまたしても見送ってしまう。

それを繰り返しているうちに残り一時間を切った。

「何度も言いましたが、これまでの記憶は消えますので、無理をする必要はないんですよ」

サチヤの囁《ささや》きは無視して、次で決めよう、と心の中で誓った。もたもたしていたら未波が死んでしまう。あと一時間もないのだから。

少しして、再び快速列車が通過するとアナウンスが流れた。これを逃せば、しばらく快速はやって来ない。つまり、見送れば未波が死ぬことになるのだ。

目を瞑《つぶ》り、一度大きく深呼吸をして心を落ち着かせた。

そのときまぶたの裏に浮かんだのは、死神がくれたこの十三日間の記憶。未波と最後に過ごしたかけがえのない時間が、次々と蘇《よみがえ》って涙が込み上げてくる。

——七夕の願いはね、自分が叶《かな》えるものなんだって。

ふいにあの日の未波の言葉が耳元で聞こえた気がした。短冊に込めた願いは、自分で叶えるものであると。未波の幸せは、俺が叶えなくてはならない。

その言葉がそっと背中を押してくれて、少しだけ気が楽になった。

目を開けて溢《あふ》れた涙を拭《ぬぐ》うと、線路の先にカタカタ音を立てながら列車がホームに接近してくるのが見えた。

覚悟を決めてから、一歩を踏み出す。

途端に周囲の音が遮断されたように無音になった。聞こえるのは胸の鼓動音だけで、自分の動きや近づいてくる列車が、ゆっくりと進んでいるような感覚に陥った。

これで未波は助かる。俺は大切な人を救ったんだ。すごいだろう、と俺を見くびっている姉に自慢してやりたかった。

そうやって自分を鼓舞しながら、もう一歩踏み出した瞬間。サチヤの冷淡な声が脳内に響いた。

「たった今、未波さんが亡くなりました。僕の仕事はこれで終わりです」

踏み出した足がぴたりと止まる。その瞬間に時が動き出したかのように、周囲の音が戻ってくる。

快速列車が轟音《ごうおん》を響かせて目の前を通り過ぎていく。とっさに腕時計を確認するが、まだ未波が死ぬ時間ではなかった。

聞きまちがいかもしれないと、サチヤを振り返る。

すると彼は、耳を疑うような言葉を口にした。

「実は未波さんにも、別の死神が憑《つ》いていたのです。本来、あなたたちふたりは映画を観た帰り道、信号無視のトラックに轢《ひ》かれて同時に死ぬ運命でした」

サチヤが放った言葉を理解するのに、しばらく時間がかかった。耳に残る彼の声を反芻《はんすう》して、わずかながら事態を飲み込めた。けれど、なぜ未波が死んでしまったのか、そこまでは頭が追いつかなかった。

聞きたいことはたくさんあるのに、口が動いてくれない。

「未波さんにも青柳さんと同じ条件を提示しましたが、彼女は迷うことなく自ら命を絶ったようです。青柳さんの命を救うために」

足に力が入らなくなってその場に膝《ひざ》をつく。近くにいた同い年くらいの男子高校生に「大丈夫ですか？」と手を差し出されたが、その手を掴《つか》むことも声を出すこともできなかった。代わりに何粒もの涙が頬を伝って零《こぼ》れ落ちていく。声をかけてくれた彼は、そそくさと俺から離れていった。

「新しい制度が始まったとき、お互いに大切に思っている者同士が同時に死に、偶然にも死神が両者に憑いていた場合どうなるのか、という議題が上がったのです。同時に死ぬ運命にあるカップルを探した結果、あなたたちふたりがその被験者に選ばれました」

サチヤは絶望する俺に容赦なく言葉を投げかける。サチヤの話は半分以上理解できなかったが、未波が俺のために自ら死を選んだことだけは理解できた。

俺が躊躇《ためら》っていたせいで未波が死んでしまった。そう思うと涙が止まらなくて、ホームのど真ん中で人目も憚《はばか》らず号泣した。

「ですので、ふたりとも自分の命を優先していたら、どちらも死ぬ運命でした。ふたりとも予定を変更して別々の場所にいましたので、その場合は定刻がきたら心臓麻痺《まひ》で死ぬことになっていました」

死神には人の命を奪う力はないと言っていたのに、嘘だったのかと怒りが込み上げてくる。しかし、言葉を返す気力はもう残っていなかった。

「僕の仕事は終わりましたので、これで失礼します」

サチヤは俺に頭を下げ、背を向けて去っていく。数歩歩いたところでサチヤの姿は消えたが、俺はしばらくの間、その場を一歩も動けなかった。

第六章

「どうもこんにちは〜。突然ですけど、あなたの大切な人が今日から数えて十三日後に死ぬことになってます！」

学校が終わってバイト先へ向かっている途中で、この季節にもかかわらず黒のローブを身に纏《まと》った陽気な骸骨《がいこつ》が突然現れ、よくわからないことを口にした。

骸骨というより、よく見るとただのお面だった。フードを目深に被《かぶ》り、手にはおもちゃの大鎌《おおがま》を持っている。なにかのコスプレかな、とわたしは首を捻《ひね》った。

「えっと、どちら様ですか？　そんな格好して暑くないんですか？　熱中症になっちゃいますよ」

恐る恐る訊《たず》ねると、「僕は死神です」と彼は快活に名乗った。

「死神のコスプレですか？　よく似合ってますね」

「いえ、コスプレではなく本物です」

「もしかしてなにかの宗教の勧誘ですか？　わたしこれからバイトなので、すみません」

怖くなって深く頭を下げてから早歩きで彼から離れる。都会ならともかく、この辺りでこんな変な人が現れるなんて初めてだ。

「ちょっと見ててください！」と彼は声を張り上げる。びくびくしながら後ろを振り返ると、彼は目の前にあったカフェのドアをすり抜け、中に入っていった。

「え？　どういうことですか？　手品？」

彼はドアから顔だけを覗《のぞ》かせて、「これで信じてくれました？」と顔の横でピースした。

わたしが絶句していると、彼は大鎌を振りかぶり、道行く人たちを切りつけていく。

「ひっ」と喉《のど》の奥から声が漏れた。でも、振り下ろした大鎌もすり抜けて切られた人たちはまったくの無傷。それどころか気づいてすらいない。

「おかしいなぁ。この格好していればすぐに信じてもらえると思ったのになぁ」

彼は両手を広げて不満そうにぼやく。お面を着けているので表情は読み取れない。

「その格好してるとむしろ逆効果だと思いますけど……」

「一応、西洋のオーソドックスな死神をモデルにした格好なんですけどね。やっぱりギリシャ神話のタナトスとか、北欧神話のオーディンとか、そっち系の死神をモデルにした方がよかったですかね」

「いや、全然知らないし、それだともっとわかりにくいと思います……」

彼の一連の言動を見て、たぶん本物の死神なんだと直感で思った。なにかこの世の者ではないという、ただならぬ気配を彼から感じ取った。

「ちなみに僕の姿はあなたにしか見えていませんので、話しかけるときは注意してください。もちろん声も」

先ほどから感じていた好奇の視線はそういうことだったのかと、ようやくわかった。

突然の出来事に理解が追いつかなくてしばらく固まってしまったけれど、少し遅れて彼が最初に放った言葉を思い出した。

「わたしの大切な人が死ぬって言いました？　それってもしかして、こうちゃんのことですか？」

彼はコートの内ポケットから黒い手帳を取り出し、それを開いた。

「青柳康介、高校二年生。趣味はゲームとアニメ鑑賞。ふたつ歳の離れた姉がいる」

「わっ。すごい、正解です」

わたしがぱちぱちと拍手をすると、死神はご満悦といった様子で何度も頷《うなず》く。その後彼は、最近になって死神界の制度が変わり、本人ではなくその人を一番大切に思っている人に告げることになったと丁寧な口調で説明してくれた。

「こうちゃんを助けることはできないんですか？　ただ黙って死んじゃうのを見てることしかできないんですか？」

縋《すが》るように問いかけると、「あるにはありますが、聞かない方がいいと思います」と彼は意味深に呟《つぶや》いた。

「あるなら教えてください！　こうちゃんを救えるなら、わたしなんだってします！」

「……そうですか、わかりました。彼を救うには、自分が犠牲になるか、誰か別の人を殺すかのどちらかになります。まあでも、十三日目には記憶を消させてもらいますので、どうなさるかはお任せいたします」

こうちゃんを救うには、わたしが死ぬか、ほかの誰かを殺すかの二択しかないらしい。その話を聞いて、わたしは胸を撫《な》で下ろす。

「よかった。こうちゃんのこと、助けられるんだ」

「……助けるおつもりですか？」

「もちろん。こうちゃんはわたしの命の恩人なので」

彼は首を傾げる。わたしはスマホを手に取り、こうちゃんにメッセージを送って明日《あした》の約束を取りつけた。最近は遊んでなかったし急すぎるしで断られると思ったけれど、いいよと返事が来て嬉《うれ》しさのあまりスマホをぎゅっと抱きしめてしまう。

「あっ。バイト行かなきゃ」

急いでバイト先へ向かおうとすると、死神は大きな鎌を持ったまま歩きにくそうにわたしのあとを追ってくる。

「え、ついてくるんですか？」

「そういう規則ですので」

「そうなんですね。死神さん、名前ってあるんですか？」

そう問いかけると、彼は「イワイです」と名乗った。

「イワイさんですか。死神なのに、縁起のいい名前なんですね」

よく言われます、とイワイさんは陽気な声で返事をした。


「あの、もしかしてこうちゃんって自分がもう少しで死ぬかもしれないってこと、知ってたりしますか？」

死神がわたしの前に現れてから今日で四日目。ここ数日、こうちゃんの様子が明らかにおかしかった。急に優しくなったり積極的に話しかけてくれたり、昨日は初めてこうちゃんから一緒に帰ろうって言ってくれた。

今まで遊びの誘いはほとんどわたしからだったけど、今日は初めてわたしのバイト先にも来てくれた。バイト終わりに近くの公園で待っていてくれたし、わたしが星空を見たいと言ったこともしっかりと覚えていてくれた。

さすがにおかしいと思ってイワイさんに訊《たず》ねてみると、「病気で余命宣告されてるとか、自殺とかなら知ってる可能性はありますか」とお面を被っているせいかくぐもった声で言った。

「死因は教えてくれないんですか？」

「残念ですが、それが規則ですので」

彼は都合の悪い質問には「規則ですので」の一点張りで肝心なことはなにも教えてくれない。こうちゃんは昔から健康で風邪を引いているところも見たことないし、なにかに悩んでいる様子でもなかった。

こうちゃんが死ぬと言われてから、病死や自殺は絶対にないだろうと思っていたけれど、ここ数日の彼の異変を察知し、その線も疑いはじめていた。

「思ったんですけど、もしこうちゃんが病死や自殺なら、わたしが身代わりになっても意味なくないですか？」

わたしが死んでも病気や自殺なら結局こうちゃんは助からないのでは、と疑問に思った。

「あー、それは大丈夫です。病気なら回復に向かいますし、自殺なら考え方を変えるようにできますので」

彼はものすごいことを簡単に言ってのけるものだから、正直現実味が感じられなかった。そもそも相手は死神なのだから、どこまで鵜《う》呑《の》みにしていいかもわからない。

調子のいいことを言って、わたしの命だけ奪おうとしているんじゃないかとさえ思えてきた。

「その顔は信じていませんね」

イワイさんがわたしの顔を覗き込んで詰め寄ってくる。お面を被って顔を隠しているので、いまいち信用しきれない。

「信用しないならそれでもかまいませんよ。青柳康介さんが死んで悲しむのはあなたですので」

彼はそう言うと部屋の片隅に腰を下ろし、鎌を抱えたまま眠りについた。イワイさんは毎晩そうやって眠るのだ。

ベッドに入って改めて考え直し、結局死神の言うことを信じてみることにした。そもそも死神の存在自体が奇跡のようなものだし、病気を治したり自殺を思い留《とど》まらせたりできてもなんら不思議ではないし。

十三日目には記憶を消すとも言っているし、むしろできないことはないのかもしれない。いろいろと思考を巡らせた結果、難しく考えるだけ無駄だという結論に至った。

こうちゃんが急に優しくなったのは、わたしが同じクラスの紗希ちゃんにこうちゃんとのことで相談に乗ってもらっていたので、そこから彼の耳に入ったからかもしれない。

紗希ちゃんの恋人である仁志川くんがきっとこうちゃんに伝えたんだ。もう少し優しくしてやれ、と。

こうちゃんが急に優しくなった理由は、それ以外考えられなかった。


その後もこうちゃんは別人のようにわたしに優しくて、毎日が新鮮だった。以前はわたしに無関心で会話も少なかったし、一緒に帰ったり遊んだりすることもめっきり減っていたのに。

二年も付き合っているから、きっと気持ちが離れてしまったのだろうと悩んでいた。でも最近のこうちゃんは仁志川くんほどではないけれどわたしのことを気にかけてくれて、ずっとしたいと話していたダブルデートも率先して提案してくれた。

こんな幸せな毎日が続いてくれるなら、死にたくないと涙を流した夜もあった。できることならずっとこのままでいたい、と。

それでもこうちゃんの命を救えるなら喜んでこの身を捧《ささ》げるつもりだった。

紗希ちゃんと仁志川くんカップルとダブルデートに行った翌日、わたしは夏風邪を引いてバイトを早退した。わたしは毎年のように夏風邪を引いていて、気をつけていたのに今年も罹《かか》ってしまった。もう時間がないのに、どうしてわたしはいつも間が悪いんだろう、とベッドの中で自分の虚弱さを悔やんだ。

その日の夜に中学の頃仲の良かった中田美玲ちゃんからメッセージが届いた。彼女とは夏休みに遊ぶ約束をしていたけれど、きっとその約束が果たされることはない。断るべきか悩んでいたところだった。

届いたメッセージを読むと、こうちゃんのことが書かれていた。

『この前青柳に会ったんだけどさ、未波に会ってやれって言われた。夏休みでいいんだよね？　うちら部活で忙しくて今週は無理なんだけど、青柳が部活休んで会ってくれってしつこくて。なんか事情があるの？』

文面を見て驚いた。最近のこうちゃんはやっぱり変だ。わたしの知らないところでそんなことをしていたなんて。

慌てて返信を打ち、こうちゃんが失礼なことを言ってごめんと謝った。

やっぱりこうちゃんは死ぬつもりなのだと、この一件でわたしの抱いた疑念はますます深まった。彼はきっとなんらかの悩みを抱えていて、自殺をするつもりなのだ。だから最後に今まで冷たくしていた恋人に優しくしてやろうという気になったにちがいない。そう考えるとここ数日の彼の異変も説明がつく。

授業中は考え事をしているのか上の空だし、誰もいない公園でひとりぶつぶつ呟《つぶや》いていたこともあった。寿命が近いこうちゃんがタイミングよく優しくなるなんてやっぱりおかしい。

彼はもうすぐ自分が死ぬことを知っているとしか思えなかった。

「こうちゃんの死因は、ずばり自殺ですね！」

名探偵のごとくイワイさんに指をさして訊《たず》ねてみても、「まあ、その可能性もありますね」と彼は曖昧《あいまい》に答えるだけだった。


翌日になっても熱は下がらず、仕方なく学校を休んだ。あと何回こうちゃんに会えるのかわからないのに、わたしはつくづく運が悪い。

「学校休みます」と伯父の奥さんである冬美《ふゆみ》さんに告げると、彼女は「そう」と短く答えて買い物に出かけていった。冬美さんだけでなく、伯父やふたりの従兄妹《いとこ》ともほとんど言葉を交わさず、この家は来たときからずっと居心地が悪かった。

家族全員がバラバラで協調性がまったくない家庭で、空気も悪い。この家にいるのが苦痛で、高校に進学してからすぐにバイトを始めて目一杯シフトを入れてもらうようにした。

お金を貯めて高校を卒業後は奨学金で大学に通い、独り暮らしをするつもりだった。けれど死神が現れ、もうその必要もなくなった。死神が現れてからバイトは辞めようかとも思ったけど、急に辞めたらお店に迷惑がかかってしまうので、せめて生きているうちは続けようと決めた。

ベッドの中でスマホを操作し、こうちゃんと撮った写真を眺めていく。最近のものはほとんどなく、中学の頃に撮った写真が多かった。

ただ写真を眺めているだけなのに、ふとした瞬間に涙が零《こぼ》れ落ちた。これからも彼のそばにいて、たくさんの思い出をつくって一緒に生きていきたかったのに。

こうちゃんからメッセージが届いたのはそのときだった。学校が終わったらお見舞いに行くから、と書いてある。

急いで部屋を掃除して窓を開けて空気を入れ換え、そうしているうちにこうちゃんはやってきた。

まだ熱はあるけれど、心配させないように下がったと伝えて陽気に振る舞った。こうちゃんの口から鈴井結貴ちゃんの名前が飛び出したときは驚いたし、ずっと隠してきた家族のことも知られてしまった。隠していたというより、伝えるタイミングを逃して言い出せなかったのだ。わざわざ暗い話をするのも悪いと思ったし、聞かれるまで黙っていた。

帰り際に明日《あした》の七夕祭りの約束をして、こうちゃんは帰っていった。

東城さんから着信があったのは、その日の夜のこと。知らない番号から着信があって、出てみると東城さんだった。彼女とはほとんど面識がなく、連絡先も知らないはずなのに。きっと誰かからわたしの番号を入手してかけてきたのだ。

「もしもし、東城だけど。これ高坂さんの番号で合ってる？」

威圧するような強気な声音に一瞬怯《ひる》んでしまう。教室でわたしを睨《にら》んでくるときの、あの東城さんの鋭い目がちらついた。

「あ、うん。そうだけど……」

「私、明日康介くんと七夕祭りに行く約束してるんだけど、高坂さん風邪引いてるんなら行ってもいいよね？　ていうか康介くん、私と行きたいって言ってくれたから。高坂さんは知らないかもだけど、彼、私によく相談してくるの。高坂さんとうまくいってないって。だから悪いんだけど、しばらく康介くんとは距離を置いた方がいいと思うの。あ、べつに康介くんにそう言われたわけじゃないんだけど、高坂さんそこのところ鈍感だと思うから、これは一応私からのアドバイスってことね」

相槌《あいづち》を打つ間もないくらいの早口で捲《まく》し立てられ、終始圧倒されてなにも言葉が出てこなかった。あたふたしていると東城さんは容赦なく続ける。

「話聞いてる限りだとさ、高坂さんと康介くん、あんまり合わないと思うんだよね。なんか釣り合ってないと言うか。周りの子も皆同じこと言ってたよ」

なにか言い返したい気持ちもあったけれど、わたし自身も自覚している部分があって反論の言葉が見つからなかった。

「ねえ、黙らないでよ。ちょっと言いすぎたかもしれないけど、その方がお互いのためなんじゃないかなって思っただけだから」

押し黙っていると急に慌てて優しい口調に変わる東城さん。彼女もこうちゃんを好きだということは薄々気づいていた。

最近はうちのクラスによく来るし、そのたびにこうちゃんと親しげに話しているのだ。東城さんは一年のとき同じクラスでただの友達だとこうちゃんは言っていたけれど、本当のところはわたしにもわからなかった。

「それじゃ、お大事に」

通話を切ろうとした東城さんを、わたしはとっさに呼び止める。

「あの！」

「……なに？」

「東城さんって、こうちゃんのこと好きなの？」

「は？　なんなの急に」

「あ、いや、ちがうならごめん。ちょっと気になって……。明日こうちゃんのこと、よろしくお願いします」

電話越しの相手なのに、思わず頭を下げてしまう。ため息をつく音が聞こえたあと、東城さんはなにも言わずに電話を切った。

どっと疲労感に襲われ、そのまま背中からベッドに倒れ込む。

「気の強い女性ですね。怖い怖い」

部屋の片隅で座っていたイワイさんがくぐもった声で言う。

「わたし、東城さん苦手……」

そう漏らすと、今度は紗希ちゃんからメッセージが届く。わたしの風邪を心配する内容で、返信ついでに東城さんとの一連のやり取りを彼女に報告した。

『東城さん性格わるっ！　そんなふうに遠慮してると青柳くんを奪われちゃうから、もっと強気でいかないとだめだよ！』

紗希ちゃんはそう言ったけれど、東城さんはわたしよりも美人でスタイルもいいいし、わたしが彼女に勝っているところはひとつもなかった。

東城さんのこうちゃんへの思いが本物なら、わたしが死んだあとこうちゃんのことを託したいという気持ちも少なからずあった。自殺を考えているであろうこうちゃんを、彼女なら支えていけるのではないかと。

紗希ちゃんに返信したあと、次に東城さんと仲の良さそうな人にメッセージを送り、東城さんはどういう人なのか情報を集めた。

本当は心優しい人なら安心だし、性格が悪い人ならなんとしてでもこうちゃんから引き剝《は》がそうと思った。

『けっこうきついとこもあるけど、根はいい子だよ』

『好きになったら周りは見えなくなるタイプの子だね』

『同性からは好かれないタイプだけど、私は好きだよ』

意外と東城さんの評判は悪くなかった。でも、これだけではこうちゃんを任せられない。もう少し探りを入れてみることにした。

次の日には熱は下がっていたけれど、無理をせず学校を休んだ。わたしの場合、病み上がりで無理をすると悪化することがよくあったから。

午前中は部屋で休み、こうちゃんと東城さんが七夕祭りに訪れるであろう時間帯になってから変装して家を出た。東城さんを観察するために。

病み上がりの体でこの暑さと人混みの中ふたりを探すのは苦労したが、「あれじゃない？」とイワイさんがふたりを見つけてくれた。てっきりふたりで訪れたのかと思っていたら、仁志川くんと紗季ちゃんも一緒だった。

こうちゃんのすぐ隣を歩いている東城さんは学校では見せたことのない顔で笑っていて楽しそうなのに、こうちゃんの表情は暗く、笑顔もぎこちない。まるで少し前のわたしとこうちゃんを客観的に見ているようだった。あの頃のこうちゃんもどこか上の空で、退屈そうにわたしの隣を歩いていた。

意外な組み合わせだけれど、こうちゃん以外の三人の会話は弾んでいて楽しそう。

社交的な紗季ちゃんが東城さんに話を振り、場を盛り上げている。

しばらく四人の観察を続けていると、吊《つる》された短冊を眺めていたこうちゃんと目が合ってしまった。すぐに隠れたのに、こうちゃんはわたしだと気づいて追いかけてくる。

東城さんたちのところへ戻ってと言ったのに、彼はわたしのそばにいてくれた。

東城さんには申し訳なく思ったけれど、あと数日後にはわたしはいなくなるのだから大目に見てもらうことにした。

短冊には迷うことなく彼の幸せを願った。短冊に書く願い事は自分で叶《かな》えなきゃいけないのだけれど、もうすぐ死ぬわたしはこうちゃんを幸せにできない。だから、他力本願で祈るしかなかった。

お祭りのあとは公園で花火をしてから解散した。

家に帰ってひと息ついたあと、スマホを見ると中学の頃仲の良かった鈴井結貴ちゃんからメッセージが届いていることに気づいた。彼女から連絡が来るなんて何年ぶりだろう。驚きつつもさっそく届いたメッセージを確認してみる。

『未波ちゃん、久しぶり。結貴だけど、私のこと覚えてるかな。この前青柳くんに会って、未波ちゃんのこといろいろ話しました。青柳くんに未波と遊んでやってほしいって言われたんだけど、私もずっと未波ちゃんに会いたいって思ってた。会って、中学の頃のこと、謝りたいって思ってた。私のせいで未波ちゃんがいじめられることになっちゃって、本当にごめんなさい。許してもらえるかわからないけど、今度時間あるときにゆっくり話したいです』

結貴ちゃんからの切実な思いが詰まったメッセージを読んで、思わず感極まってしまう。わたしもずっと結貴ちゃんに会いたかった。むしろわたしが避けられていると思っていたのだ。

わたしも結貴ちゃんに会いたい、怒ってないと返事を打った。でも、わたしにはもう今度なんてないのだから、会う約束はできなかった。それでも最後に結貴ちゃんと連絡が取れて嬉《うれ》しかった。

わたしのことを想って結貴ちゃんと繋《つな》げてくれたこうちゃんに心から感謝した。

その後もこうちゃんの奇矯な言動は止まらなかった。

バイトを休んで出かけようなんて今まで言われたことなかったし、さらに彼は喧嘩《けんか》をしたらしく、頭から血を流して公園でわたしを待っていた。彼が誰かと殴り合いの喧嘩をするなんて初めてのことで、もうなにがなんだかわからなかった。

やっぱりなにかがおかしい。絶対に変だ。

こうちゃんが自殺を考えていることは半信半疑だったけれど、ほぼ確信に変わった。

勤務中に頭を捻《ひね》りながら仕事をこなしていると、またしてもこうちゃんがひとりで来店してきた。かと思えば彼は、わたしの腕を強引に引っ張って店の外へと連れ出し、その足で蛍を見にいくことになった。

これには正直戸惑ったけれど、今は難しいことはなにも考えず、このひとときの幸せをしっかりと噛《か》みしめようと思った。わたしが犠牲になればこうちゃんの考えは変わり、この先も生きていけるのだから、彼が今自殺を考えていようが問題ないはずだ。

蛍を探し歩いていると、こうちゃんが初めてわたしの前で涙を流した。今まで冷たくして、わたしのことを知ろうとしなくてごめん、と。

わたしを思って泣いてくれたこうちゃんを見て、わたしももらい泣きをしてふたりで一緒に泣いた。そのあとはわたしたちを慰めるかのように蛍が現れ、しばらくの間目を奪われてしまった。

子どもの頃からずっと見てみたかった蛍をこうちゃんとふたりで見られて、これでもう心残りはなかった。


翌日の七月十一日。最後の日がついに来てしまった。

昨晩寝る前に今日一日をどう過ごすか考え、こうちゃんを映画に誘おうと決めた。映画の途中でトイレに行くと伝えて抜け出し、映画館が入っているビルの屋上から飛び降りて死ぬつもりだった。

午後の六時五十一分にこうちゃんは亡くなることになっているので、学校が終わったらすぐに映画館に向かわなくてはならない。

こうちゃんは喧嘩をしたときにスマホを失くしたようで、事前に約束はできなかった。

その日の朝、こうちゃんは高校の最寄り駅の前まで迎えに来てくれた。これも初めてのことだったけれど、彼の奇行に慣れてしまったのか今さら驚きはしなかった。

こうちゃんを映画に誘うと、どうやら用事があるらしく一時間目の授業が終わると早退していった。さっそく予定が狂ってしまったけど、六時五十一分が来る前にわたしが彼の代わりに死ねばなにも問題ない。

その日の授業はほとんど頭に入らず、終始窓の外を眺めて呆《ほう》けていた。ちなみにイワイさんは、授業中はいつも授業参観を見守る保護者のように教室の後方でおとなしくわたしの監視をしているのだ。

その日も彼はそこにいて、わたしが振り返ると手を振ってくる。当然手を振り返すことはできないけれど、陽気なイワイさんは毎回のようにそうしてくるのだ。

「あの……高坂さん。ちょっといい？」

昼休みにお弁当を食べ終えた直後、東城さんは教室に入ってくるなりわたしに手招きした。お弁当箱を片付けて席を立つと、「私も行こうか？」と紗希ちゃんが心配そうな眼差《まなざ》しをわたしに向けた。

「ううん、大丈夫。行ってくるね」

紗希ちゃんにそう声をかけてから東城さんについて行くと、彼女は階段の踊り場で足を止めた。

「ごめん！」

東城さんは振り返ると、突然わたしに頭を下げた。わたしは身を硬くして一歩あとずさり、「えっ？」と彼女を見つめる。

「今まで高坂さんに酷《ひど》いこと言ったり睨《にら》みつけたりしてごめん。それから康介くんを奪おうとしてごめん。ふたりのこと、釣り合ってないって言ったけど、それも取り消す。ただ悔しかっただけで、本当はお似合いだとずっと思ってた」

一気に捲《まく》し立てられて、彼女が口にしたことをちっとも飲み込めなかった。彼女はいつも一方的で、けれどその言葉はいつだって真っ直ぐだった。

「私、さっき康介くんに振られたの。高坂さんが好きだから、私とは付き合えないって。もうふたりの邪魔はしないから、今までごめんね」

東城さんはもう一度頭を下げ、それから顔を上げる。どこかすっきりしたような、清々《すがすが》しい表情でわたしを見ている。

こうちゃんがわたしのことを好きだと東城さんにはっきりと告げてくれたことが嬉

しくて、目の奥からじんわりと涙が込み上げてくる。

「ううん、気にしないで。わたし、東城さんにお礼を言いたいくらいだったから」

「お礼？」

「うん。こうちゃんと仲良くしてくれてありがとうって。東城さんさえよかったら、これからもこうちゃんと仲良くしてくれたら嬉しいです」

東城さんはきょとんとしたあと、ぷっと噴き出した。

「なんか拍子抜けした。私のこと、普通は怒るもんだよ。そういう抜けたところが好きなのかな、康介くんも」

東城さんは薄く笑ったあと、「振られたけど康介くんとは友達のままだよ」と言ってくれた。

「じゃね」

言いたいことを言えてすっきりしたのか、彼女は上機嫌に手を振って階段を下りていく。評判通り、やっぱり東城さんは悪い人ではなかったと安堵《あんど》しながら、わたしも自分の教室に戻った。

放課後、クラスメイトたちが解放されたように廊下へ駆け出していく中、わたしはしばらく自分の席に座ったままぼうっとしていた。

――そうか。わたし、これから死ぬんだ。

改めて冷静になってみると、急に寂しくなった。毎週観ていたドラマも、来月公開される映画も、楽しみにしていたのに観られないんだ。待ち望んでいた夏休みも、全部なくなってしまう。

今から死ぬというのに、呑気《のんき》にそんなちっぽけなことを悔やんだ。

死ぬことに対して恐怖はそれほど感じなかった。わたしは本当ならもっと早く死んでいたはずだし、なによりこうちゃんのために死ねるならこれほど幸福なことはない。

彼に恩返しができるのなら、これ以上に理想的な死に方はほかにないだろうと思った。

「未波、帰らないの？」

その声にはっと顔を上げると、鞄《かばん》を片手に仁志川くんと教室を出ようとしていた紗希ちゃんに声をかけられる。

「もう少ししたら帰る」

「そっか。じゃあ、また明日《あした》ね」

紗希ちゃんは笑顔でそう言い、大切な人と手を繋いで教室を出ていった。

――また明日。

彼女がなにげなく発した言葉が重たく感じられた。明日が来ることを確信しているかのような、前向きなひと言。でもそれが当たり前のことなんだ。今日自分が死ぬかもしれないなんて、きっと誰もが想像もせずに毎日を生きている。

好きな人がいる人は気持ちを伝えられず、胸に秘めた思いを抱えたまま死んでいく。喧嘩《けんか》をして謝りたい人がいても、仲直りできずに後悔を残して死んでいく。

そう考えると、わたしは幸せな方なのかもしれない。これから死ぬとわかっているから、こうちゃんにもう一度思いを伝えられる。

鞄の中から一冊のノートを取り出し、それを机の上に置いて新しいページを開く。こうちゃんと蛍を見にいったとき、彼が持ってきてくれた水色のノート。中学の頃、こうちゃんと交わしていた交換日記だ。最後に、こうちゃんにメッセージを残そうと思っていた。

こうちゃんと過ごした日々を思い出し、力強くペンを走らせる。彼のことを思いながら、涙を流してゆっくりと時間をかけて書き込んでいく。その時間はとても幸福で、彼のことを好きになってよかったと心の底から思った。

最後の日記を書き終えた頃、教室にはわたしひとりしかいなかった。ひとりとは言っても、教室の後方にはイワイさんが大鎌《おおがま》を杖代《つえ》わりにして佇《たたず》んでいる。

視線が合うと、彼はまた手を振ってくる。おかげで寂しさが紛れた。

まだ時間があるので、日記の最初のページから読み返していく。これを始めた頃は、本当に楽しくて毎日が幸せだった。こうちゃんは素っ気ない日記ばかり書くけど、それすらも彼らしくて愛《いと》おしかった。

全部読み終えた頃には、わたしは子どものように泣きじゃくっていた。ハンカチが役に立たないくらいの涙が溢《あふ》れ、誰もいない静かな教室で嗚咽《おえつ》を漏らした。

やっとこうちゃんと気持ちが通じ合ったと思ったのに、もう会えないなんて悲しかった。

せっかく交換日記を再開しようって言ってくれたのに、これが最後になるなんて悔しかった。もっとこうちゃんのそばにいたいと強く願えば願うほど、胸が苦しくなってくる。

チャイムが鳴った頃、涙を拭《ぬぐ》ってから席を立ち、ノートをこうちゃんの机の中に入れた。

鞄を肩にかけて教室を出て、屋上へと続く階段を一歩一歩上がっていく。こうちゃんが死んでしまうまで、残り一時間を切っていた。

屋上に出ると、空にはどんよりとした灰色の雲が広がっていて、わたしはしばらくの間、屋上のフェンスに手をかけて暗い空を見上げた。

それに満足したら、いよいよ飛び降りる覚悟を決める。

「本当に自分が犠牲になって、後悔しませんか？」

背後からわたしを引き留めるようなイワイさんの弱々しい声。わたしは彼を振り返らずに答える。

「いいの。わたしね、本当は中学の頃死ぬつもりだったんだ。お母さんが死んで、学校ではいじめられて、引き取られた家には居場所がなくて。ものすごく孤独を感じて、この世界から消えたかった」

学校では皆に無視されて、それは家の中でも同じだった。誰もわたしのことなんか見えてなくて、わたしは光を失った蛍なんだ、なんて馬鹿なことを考えた日もあった。光らない蛍は誰にも気づいてもらえない。だからわたしは、いつも孤独なんだと思った。

「たしか中二の秋頃だったかな。日曜日に家を飛び出して、帰りたくなくて駅のホームに何時間もいたの。何本もの電車を見送っていたら、ここから踏み出せば楽になれるんじゃないかって、本気でそう思った」

背後にいるイワイさんはなにも言わずに黙ってわたしの話を聞いている。きっと彼の手帳にもそのことが記されているはずだ。

目を瞑《つぶ》ると、あの日の記憶が鮮明に蘇《よみがえ》ってくる。目の前に広がる景色はモノクロで、わたしは駅のホームに佇んで一点を見つめたまま通過する列車をじっと待っていた。

死にたいんじゃなくて、ただ楽になりたかった。快速列車が通過するアナウンスが流れると、ふらふらと吸い込まれるように線路へと足が進んだ。

「あれ、高坂じゃん。なにしてんの、こんなところで」

無心で快速列車に飛び込もうとしたまさにそのとき。誰にも見えていないはずのわたしに声をかけた人がいた。それがこうちゃんだった。

「ちょうどよかった。姉ちゃんが失恋してスイーツのやけ食いに付き合わされててさ、もうお腹いっぱいで逃げたいからちょっと話合わせてくれない？」

彼はわたしに手を合わせて捲《まく》し立てると、近くにいたお姉さんに偶然会った友達が悩んでて相談に乗ることになったから、と適当なことを言ってわたしの手を取り、駅のそばにあったカフェへふたりで入った。

そこで彼はジンジャエールを注文し、わたしはオレンジジュースを注文して久しぶりにふたりで話をした。

彼はお姉さんの愚痴ばっかり話していたけれど、なんだか楽しくなって笑ってしまった。思えばそのとき笑ったのも、ずいぶん久しぶりのことだったかもしれない。

完全に死ぬタイミングを逃してしまったけれど、その日からこうちゃんとはまたよく話すようになった。モノクロだった世界が、次第に色づいていった。

学校や家では居場所がなくても、こうちゃんと一緒にいるときだけは生きているんだって実感できた。彼と過ごしているうちに、いつしか死にたいと思う気持ちも消滅していき、どんなに辛《つら》いことがあっても乗り越えることができた。

彼の存在は、辛いだけの日々を過ごしていたわたしにとって、唯一の救いだった。

ことになった。

あの日から彼に恋をしたわたしは、翌年の七夕祭りで告白し、晴れて彼と付き合う

あのとき駅のホームでこうちゃんがわたしを見つけてくれなかったら、わたしは今頃この世にはいなかったはずだった。彼が与えてくれた幸せを享受できないまま死んでいたのだ。

だから、今度はわたしが彼を救う番だと、死神が現れたときに思った。彼にもらった命なのだから、彼のために使わなくてはいけないという使命感に駆られた。

「とにかく、わたしは何度もこうちゃんに救われたんです。彼のために死ねるってことは、わたしにとって幸せなことなんです」

幸せなはずなのに、涙が溢れて視界が滲《にじ》んでいく。最後にもう一度こうちゃんに会いたかったけれど、もう時間がない。

わたしは最後にイワイさんを振り返り、丁寧にお辞儀をする。

「イワイさん、今日までありがとうございました。イワイさんのおかげで、最後に幸せな十三日間を過ごせました。明日もこうちゃんが元気に過ごせるなら、もう悔いはないです。お世話になりました」

これでこうちゃんは、きっともう自殺を考えることはなくなる。本当に彼が死のうとしていたかは最後まではっきりしなかったけれど、死因はなんだったにせよ彼はこ

の先も生きていける。

死神が与えてくれた十三日間は本当に毎日が幸せだった。人生で一番充実した十三日間だったと胸を張って言える。

「寂しくなりますね」

イワイさんは肩を落としてぽつりと言う。その姿を見て、思わず口角が上がる。

「なんかイワイさんって、全然死神らしくないですよね。見た目は死神っぽいですけど、わたしがイメージしていたものとは全然ちがいました。怖くないし」

「そうですか？　もっと死神らしい死神もいるんですけどね。あとは中学生のような幼い見た目の者もいますけど」

それはかわいいですね、と答えてから彼に背を向け、緩んだ口元を引き締める。

もう少し話していたかったけれど、もう時間がない。四階建ての校舎だから、ここから飛び降りればまちがいなく死ねる。下を覗《のぞ》くと、部活帰りの生徒の姿がいくつかあった。今からわたしが落ちたら、皆びっくりするかもしれない。

ごめんなさい、ごめんなさい、と心の中で何度も謝罪を繰り返した。

深呼吸をしてからフェンスを乗り越えると、もう一度深く息を吐き出し、そしてわたしは、目を瞑って一歩を踏み出した。

エピローグ

未波が亡くなってから一週間が過ぎた。

俺は未波の葬儀にも参列せず、ずっと部屋に引きこもっていた。スマホが手元にないため、その一週間は誰とも連絡を取っていないし、世間では今どんなニュースが話題になっているのかすら知らない。知りたくもなかった。

おそらく未波の自殺もネットニュースなどで報道されたにちがいないが、きっとすぐに忘れ去られて消えてしまうのだろう。

「本当は康介もそんなに未波ちゃんのこと好きだったんだね。そうだよね。とりあえず今は思いっきり泣いて、落ち着いたらちょっと話そう。お姉ちゃんがなんでも聞いてあげるから」

未波が亡くなった翌日に姉が俺の部屋のドアを開けてそう言い残すと、そっとドアを閉じて自分の部屋に戻っていった。姉はその日から毎日俺の部屋にやってきては慰めの言葉をかけて去っていくのだった。

あれからサチヤの姿は一度も見ていない。十三日が過ぎたら記憶を消すと言っていたくせに、それも嘘だったのかと彼に対して憤りを覚える。何度か誰もいない空間に呼びかけてみたが、サチヤが姿を現すことはなかった。

その日は一週間ぶりに登校することにした。夏休みは目前だが、仁志川や東城が心配して自宅に電話をかけてくるので、顔だけでも見せて安心させてやろうと無理をして家を出た。

なにも考えられず、ただ無心でペダルを漕《こ》いで通学路を走る。空は一面、灰色の雲に覆われていた。

高校の駐輪場で自転車を乗り捨てるように降りて校舎に足を踏み入れる。ゾンビのごとく項垂《うなだ》れて廊下を歩き、教室の後方のドアからひっそりと中に入る。俺が登校してきたことに驚いている生徒は何人かいたが、話しかけてくるやつはいなかった。

自分の席に座ってぼんやりと教室内を眺めると、未波の机の上には枯れた献花が置かれていた。きっとそのうち花は片づけられ、夏休みが終わると未波の机も撤去され、未波がいたという痕跡《こんせき》や記憶も徐々に薄れていくのだろう。

なにげなく机の中に手を入れると、一冊のノートが出てきた。中学の頃、未波と交わし合った交換日記だ。

ノートの最後のページを開いてみると、そこには新しい日記が書き込まれていた。日記というより、ぱっと見た感じだと俺へのメッセージのようだった。

教室で読んだら泣いてしまう気がして、屋上でゆっくり読むことにして席を立つ。

「あれ、青柳。やっと学校来れたんだ。てか、ちょっと痩《や》せた？」

ノートを手に教室を出ると、ちょうど仁志川と花丘が手を繋《つな》いで登校してきたところだった。ふたりは心配そうな眼差《まなざ》しを俺に向け、固唾《かたず》を呑《の》んで返答を待っている。

「久しぶり。最近まともに飯食ってないから痩せたかも」

「そ、そっか。顔色も悪いけど、大丈夫か？」

「もう大丈夫。寝不足だから屋上で仮眠取ってくるわ」

適当なことを言って廊下の奥へ進み、階段を上がっていく。

屋上に出ると、さっそくノートを開いてみる。未波の字は昔と変わらずに、特徴的な丸みを帯びていた。

『こうちゃんへ。

これは日記というより、こうちゃんへのメッセージというか、遺書というか、そんな感じの日記です。

まずは、勝手に死んでごめん。きっとこうちゃんは戸惑って、悲しんで、怒ってるよね。死ぬ前になんで相談しなかったんだ、って。でも、それができない事情がありました。その事情は話せないんだけど、でも死にたくて苦しんで、どうしようもないほどに追い詰められて死を選んだわけじゃないってことだけは伝えておくね。だからこうちゃんは恋人の自殺を止められなかった、気づいてあげられなかった、って自分を責める必要はないんだよ。

なにを言ってるかわかんないと思うけど、とにかくわたしはこうちゃんのおかげで幸せを噛《か》みしめたまま死ねたってことだから、あんまり悲しまないで。考え方によっては、これはある意味幸福なことなんだよ。

こうちゃんは知らないだろうし、あのときのことを覚えていないと思うけど、わたしは本当はもっと早く死ぬつもりでした。学校のことや家のことで悩んでて、本気で死のうって決意したときに声をかけてくれたのがこうちゃんでした。

その日からずっとわたしのそばにいてくれて、こうちゃんのおかげでどんなに辛《つら》いことがあっても今日まで生きてこられました。

付き合い始めの頃はお互いぎこちなくて、でもそんな日々も愛《いと》おしくて。付き合ってから初めてのデートも、昨日のことのように覚えてる。

でもいつしかわたしは嫌われるのが怖くなって、こうちゃんの顔色を窺《うかが》って自分の意見を言わずに合わせてばかりだったと思う。

こうちゃんに振られて、またひとりになっちゃうのが怖かった。自分に自信がなくて、こうちゃんにはもっといい人がいるんじゃないかって思ったこともあった。

それでも、もっとこうちゃんに自分の気持ちを伝えればよかった。もっと好きって言えばよかった。もっと甘えればよかった。

後悔を挙げたらきりがないけれど、こうちゃんと過ごした時間はわたしにとって大切な宝物です。とくに最後の十三日間は、わたしの短い人生の中で、一番幸せな十三日間でした。

一緒に帰ろうって言ってくれたこと。

わたしのバイト先に来てくれたこと。

ふたりで星空を見たこと。

わたしのために、中学の頃の友達に連絡を取ってくれたこと。

わたしの家にお見舞いに来てくれたこと。

短冊にわたしの幸せを願ってくれたこと。

夜の公園で花火をしたこと。

蛍を見に連れ出してくれたこと。

この十三日間が、わたしの人生のハイライトと言ってもいいくらい幸せでした。これまでの不幸な出来事が帳消しになるくらい、かけがえのない時間でした。

そういえば昔、おばあちゃんに聞いた話なんだけどね、蛍は亡くなった人の魂を宿して光るんだって。大切な人に気づいてもらうために光るの。だから、またあの場所に来てくれたら蛍になったわたしと会えるから、寂しくないね。

最後に、わたしのことは気にしなくていいので、また好きな人を見つけて幸せになってください。東城さんとかいいと思うな。東城さんは不器用なところもあるけど、すごくいい人だよ。こうちゃんと東城さん、お似合いだなって前から思ってた。

最後って言ったけど、もうひとつ。こうちゃんが今、なにかに悩んでいることは知っています。ちがってたらごめんだけど、その悩みに耐えられなくて死のうとしてるんじゃないかって疑ってました。心配をかけたくなかったのかもしれないけど、もう少しわたしのことも頼ってほしかったな。

自殺したわたしが言うのは説得力がないかもしれないけど、こうちゃんにはわたしの分まで長生きしてほしいです。この先の長い人生で辛いことも悲しいこともきっとあると思うけど、こうちゃんなら乗り越えられると思うから、自分の命は大事にしてね。

本当に大好きでした。あの日、わたしを見つけてくれてありがとう。こうちゃんの幸せを遠くで祈ってるね。

未波より』

　未波が書いたメッセージを読み終わった瞬間、その場に膝《ひざ》をついて泣き崩れた。ノートの紙面に何滴もの涙が零《こぼ》れ落ち、未波の丸っこい文字が滲《にじ》んでいく。

　なにも知らないと思っている俺を傷つけまいと、必死に言葉を選んでいる未波の気遣いが余計に苦しかった。蛍になるだとか、気休めにもならない子ども騙《だま》しの言い伝えで俺の悲しみを和らげようとしている未波が愛おしかった。

　未波は俺にも死神が憑《つ》いていたことも知らずに、少しも迷うことなく自らの命を犠牲にした。俺は最初、未波を見殺しにするつもりだったのに、きっと未波は死神が現れたときから一貫して考えを変えなかったのだろう。

　十三日間もあったのだから、どうしてもっと早く決断できなかったのか。俺が迷っていなければ未波が死ぬことはなかったんだ。

　床に広げたノートの紙面に、いくつもの水滴が付着していく。それは俺の涙ではなく、どうやら雨が降ってきたらしかった。慌ててノートを手元に引き寄せる。

「やめてくれ」

未波が残してくれた言葉の数々が消えないように、水滴を手で拭《ぬぐ》ってからノートを抱きかかえる。これ以上そこに書かれた文字が滲んでしまうと、未波との大切な思い出までもが霞《かす》んでしまうんじゃないかと怖くなった。

生暖かい雨を背中で浴びていると、それまで抑えていた気持ちが溢《あふ》れ、「ああああ！」と喉《のど》がビリビリ痺《しび》れるくらい叫んだ。息継ぎも忘れて叫び続ける。本降りになった雨の音が声を掻《か》き消した。

「ごめん……未波。俺が死ぬべきだったのに……。俺のせいで……」

嗚咽《おえつ》を漏らしながら声を絞り出す。ごめん、ごめん、と未波にはもう届かないけれど、何度も声に出して謝罪し続けた。あんなに一緒にいたのに、未波にも死神が憑いていたことに気づけなかった自分が憎かった。未波のことだけを考えて行動していたつもりだったけれど、結局俺は自分のことしか考えていなかったのだ。

本当は、俺が未波を救うはずだったのに。自分の命を捨てて、この先は俺の分まで未波に生きてほしいと。今まで辛かった分、これからは幸せな人生を歩んでほしかった。そこに俺はいないけれど、心優しい未波ならきっと幸せになれると信じていた。

それなのに、どうして最後の最後まで自分を大事にしなかったのか。悔しくて涙が止まらなかった。

コンクリートの床に拳《こぶし》を打ちつけ、張り裂けそうな胸の痛みを紛らわせる。

床に打ちつけた拳が紫色に変色し、やがて血が噴き出て痛みが増しても、拳を振り下ろし続けた。未波が負った痛みはこんなものじゃなかったはずだ。

今すぐここから飛び降りて、未波のあとを追いかけたい。今ここで死ねば、また未波に会える気がした。

濡《ぬ》れてしまったノートをシャツの中に入れ、よろよろと立ち上がってフェンス際まで歩いていく。足に力が入らず、何度も転倒しながら這《は》いずって進んでいき、フェンスに手をかけて立ち上がる。

せっかく未波が犠牲になってくれたのに、未波がくれた命なのに、その命を捨てていいのだろうかと葛藤《かっとう》する。でも、今すぐに未波に会いたいという気持ちが溢れ、正常な判断はできそうになかった。

死ねばきっと未波に会える。その根拠のない漠然とした希望に縋《すが》ることしか頭になかった。

びゅうっとひと際強い風が吹き抜け、よろけそうになった。風がぴたりと止むのを待ってからフェンスに両手をかけ、力強く地面を蹴《け》った。

「未波さんの死を無駄にしていいんですか？」

そのとき、背後から聞き覚えのある気怠《けだる》げな声が耳に届き、動きを止める。振り返ると、そこにはザチヤの姿があった。

「……お前、なにしに来たんだよ」

「言いましたよね。記憶を消すって」

サチヤは言いながら一歩一歩歩み寄ってくる。

「なんで今さら……」

「せめてもの情けで、未波さんが遺《のこ》したメッセージに気づくまで待ってました。せっかく未波さんが命を救ってくれたというのに、死ぬつもりですか？」

まあ、僕には関係ありませんけど、とサチヤは怠そうに付け加える。彼の言葉が痛いほど胸に突き刺さり、フェンスにかけていた手をそっと離す。

サチヤが止めてくれなければ、俺は取り返しのつかないことをしていたかもしれない。未波が俺の命を救ってくれたのに、俺の幸せを願ってくれているのに、その想いを踏みにじってしまうところだった。

足に力が入らなくなって、フェンスに背中を預けたままずるずると床に尻《しり》もちをついた。

「未波さんが飛び降りた瞬間に魂を奪ったと向こうの死神が言っていたので、未波さんは苦しまずに逝けたと思いますよ。それ、本当はルール違反なんですけどね」

「……そっか。よかった」

未波が死んだことはよくはないけれど、せめて痛みを感じずに死ねたのなら安心だ。

「それじゃあ、約束どおり記憶を消させていただきますね」

「……ちょっと待って。この十三日間の記憶を消されたら、未波を好きになった気持ちまで消えるってことだろ。それだけは絶対に失いたくない」

「……残念ですが、規則ですので」

サチヤが言い終わるのと同時に、屋上のドアが開く。

「いたいた。雨降ってんのになにやってんだよ青柳！　教室戻るぞ」

仁志川と花丘のふたりが心配して様子を見にきてくれたらしい。折り畳み傘を広げた仁志川に強引に体を起こされ、渋々腰を上げる。

「まさかここから飛び降りるつもりじゃないだろうな」

仁志川が冗談めかして言うと、「ちょっと」と花丘が彼の肩を叩《たた》いた。

屋上を出る前に後ろを振り返ると、そこにはもうサチヤの姿はなかった。

◇◇◇

スマホのアラーム音で目を覚まし、なにげなく部屋の片隅に目を向ける。

そこに誰かがいたような記憶が、毎朝起きるたびにぼんやりと残っていた。しかし、その正体はまったく思い出せない。ただ夢を見ていただけなのか、毎朝目が覚めるとどこか寂しいような、懐かしいような気持ちになるのだ。

未波が亡くなってから一年が過ぎた。

今日は学校を休み、未波の墓参りに行こうと午後になってから家を出た。

未波は母親と同じ墓に入った。ふたりの墓前には誰かが捧《ささ》げたであろうたくさんの供花が飾られている。そういえば未波と仲の良かった中田と田中や鈴井、それから仁志川と花丘も命日に墓参りに行くと言っていた。一緒にどうかと仁志川に誘われたが、断ってひとりでここまで足を運んだ。墓前に飾られた色とりどりの供花を見て、やっぱり未波はひとりではなかったのだとしみじみ思った。

踵《きびす》を返してその場を離れると、未波と同居していた伯父家族の姿を見つけた。先日未波の一周忌に呼ばれたときに顔を合わせたので、冬美さん以外の家族とも面識はあった。でもまさか、未波が亡くなったあともここまで気にかけてくれるとは思わなかった。彼らに感謝しつつ、少しだけ言葉を交わしてから墓地をあとにした。

墓参りが終わってから未波との思い出の場所まで電車とバスを乗り継いで向かう。

未波がどうして亡くなったのか、結局わからないままだった。彼女が亡くなる前の、約二週間の記憶がぽっかりと抜け落ちていて、あの明るかった未波が自殺をしたなんて今でも信じられない。でも、その二週間の中で未波をもう一度好きになれたことははっきりと覚えている。なにがきっかけだったかはっきりと思い出せないが、未波は俺にとって大切な人であることは確かだった。

公園の前でバスを降りると外はすでに真っ暗で、園内の外灯を頼りに進んでいく。そこは夏になると蛍が飛び交う有名なスポットで、昨年は未波と一緒に訪れて蛍を見たのだ。

しばらく歩くと、遠くの方で淡い緑光が暗闇の中を漂っているのが視界に入った。足を止めて蛍を観察し、何枚か写真を撮った。

――蛍は亡くなった人の魂を宿して光るんだって。大切な人に気づいてもらうために光るの。だから、またあの場所に来てくれたら蛍になったわたしと会えるから、寂しくないね。

交換日記に書かれていた未波の最後のメッセージの一文。ただの言い伝えできっとそんなことがあるわけがないのに、どうしてか未波の命日にここを訪れていた。

この中に未波がいるのだろうかと飛び回る蛍たちをぼんやりと眺める。

ふいに涙が零《こぼ》れ、ごしごしと袖《そで》で拭った。

そのとき一匹の蛍がやってきて、俺を慰めるようにふわふわと周囲を飛び回る。手を伸ばすと、その蛍は俺の手のひらに止まった。

「未波？　って、そんなわけないよな」

馬鹿みたいにひとりで笑うと、その拍子にまた涙が零れ落ちる。

蛍は俺の手の中で呼吸をするように明滅を繰り返し、やがて暗闇の中に消えていった。

〈参考文献〉
『愛するということ』エーリッヒ・フロム　訳／鈴木晶　紀伊國屋書店　２０２０年
『よくわかる「世界の死神」事典』七会静　廣済堂文庫　２００９年

死神《しにがみ》がくれた君《きみ》と僕《ぼく》の13日間《にちかん》

森田《もりた》 碧《あお》

令和6年 11月25日　初版発行

発行者●山下直久

発行●株式会社KADOKAWA
〒102-8177　東京都千代田区富士見2-13-3
電話　0570-002-301（ナビダイヤル）

角川文庫 24407

印刷所●株式会社暁印刷
製本所●本間製本株式会社

表紙画●和田三造

ISBN 978-4-04-115254-6　C0193

◇◇◇

角川文庫発刊に際して

角川源義

第二次世界大戦の敗北は、軍事力の敗北であった以上に、私たちの若い文化力の敗退であった。私たちの文化が戦争に対して如何に無力であり、単なるあだ花に過ぎなかったかを、私たちは身を以て体験し痛感した。西洋近代文化の摂取にとって、明治以後八十年の歳月は決して短かすぎたとは言えない。にもかかわらず、近代文化の伝統を確立し、自由な批判と柔軟な良識に富む文化層として自らを形成することに私たちは失敗して来た。そしてこれは、各層への文化の普及滲透を任務とする出版人の責任でもあった。

一九四五年以来、私たちは再び振出しに戻り、第一歩から踏み出すことを余儀なくされた。これは大きな不幸ではあるが、反面、これまでの混沌・未熟・歪曲の中にあった我が国の文化に秩序と確たる基礎を齎らすためには絶好の機会でもある。角川書店は、このような祖国の文化的危機にあたり、微力をも顧みず再建の礎石たるべき抱負と決意とをもって出発したが、ここに創立以来の念願を果すべく角川文庫を発刊する。これまで刊行されたあらゆる全集叢書文庫類の長所と短所とを検討し、古今東西の不朽の典籍を、良心的編集のもとに、廉価に、そして書架にふさわしい美本として、多くのひとびとに提供しようとする。しかし私たちは徒らに百科全書的な知識のジレッタントを作ることを目的とせず、あくまで祖国の文化に秩序と再建への道を示し、この文庫を角川書店の栄ある事業として、今後永久に継続発展せしめ、学芸と教養との殿堂として大成せんことを期したい。多くの読書子の愛情ある忠言と支持とによって、この希望と抱負とを完遂せしめられんことを願う。

一九四九年五月三日